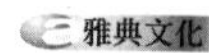

生活日語 萬用手冊

雅典日研所 企編

日語學習更豐富多元

生活上常用的單字句子一應俱全

用一本書讓日語學習的必備能力一次到位

50音基本發音表

清音

track 002

a	ㄚ	i	ㄧ	u	ㄨ	e	ㄝ	o	ㄡ
あ	ア	い	イ	う	ウ	え	エ	お	オ
ka	ㄎㄚ	ki	ㄎㄧ	ku	ㄎㄨ	ke	ㄎㄝ	ko	ㄎㄡ
か	カ	き	キ	く	ク	け	ケ	こ	コ
sa	ㄙㄚ	shi	ㄒ	su	ㄙ	se	ㄙㄝ	so	ㄙㄡ
さ	サ	し	シ	す	ス	せ	セ	そ	ソ
ta	ㄊㄚ	chi	ㄑㄧ	tsu	ㄘ	te	ㄊㄝ	to	ㄊㄡ
た	タ	ち	チ	つ	ツ	て	テ	と	ト
na	ㄋㄚ	ni	ㄋㄧ	nu	ㄋㄨ	ne	ㄋㄝ	no	ㄋㄡ
な	ナ	に	ニ	ぬ	ヌ	ね	ネ	の	ノ
ha	ㄏㄚ	hi	ㄏㄧ	fu	ㄈㄨ	he	ㄏㄝ	ho	ㄏㄡ
は	ハ	ひ	ヒ	ふ	フ	へ	ヘ	ほ	ホ
ma	ㄇㄚ	mi	ㄇㄧ	mu	ㄇㄨ	me	ㄇㄝ	mo	ㄇㄡ
ま	マ	み	ミ	む	ム	め	メ	も	モ
ya	ㄧㄚ			yu	ㄧㄩ			yo	ㄧㄡ
や	ヤ			ゆ	ユ			よ	ヨ
ra	ㄌㄚ	ri	ㄌㄧ	ru	ㄌㄨ	re	ㄌㄝ	ro	ㄌㄡ
ら	ラ	り	リ	る	ル	れ	レ	ろ	ロ
wa	ㄨㄚ			o	ㄡ			n	ㄣ
わ	ワ			を	ヲ			ん	ン

濁音

track 003

ga	ㄍㄚ	gi	ㄍㄧ	gu	ㄍㄨ	ge	ㄍㄝ	go	ㄍㄡ
が	ガ	ぎ	ギ	ぐ	グ	げ	ゲ	ご	ゴ
za	ㄗㄚ	ji	ㄐㄧ	zu	ㄗ	ze	ㄗㄝ	zo	ㄗㄡ
ざ	ザ	じ	ジ	ず	ズ	ぜ	ゼ	ぞ	ゾ
da	ㄉㄚ	ji	ㄐㄧ	zu	ㄗ	de	ㄉㄝ	do	ㄉㄡ
だ	ダ	ぢ	ヂ	づ	ヅ	で	デ	ど	ド
ba	ㄅㄚ	bi	ㄅㄧ	bu	ㄅㄨ	be	ㄅㄟ	bo	ㄅㄡ
ば	バ	び	ビ	ぶ	ブ	べ	ベ	ぼ	ボ
pa	ㄆㄚ	pi	ㄆㄧ	pu	ㄆㄨ	pe	ㄆㄝ	po	ㄆㄡ
ぱ	パ	ぴ	ピ	ぷ	プ	ぺ	ペ	ぽ	ポ

拗音 track 004

kya ㄎㄧㄚ		kyu ㄎㄧㄩ		kyo ㄎㄧㄡ	
きゃ	キャ	きゅ	キュ	きょ	キョ
sha ㄒㄧㄚ		shu ㄒㄧㄩ		sho ㄒㄧㄡ	
しゃ	シャ	しゅ	シュ	しょ	ショ
cha ㄑㄧㄚ		chu ㄑㄧㄩ		cho ㄑㄧㄡ	
ちゃ	チャ	ちゅ	チュ	ちょ	チョ
nya ㄋㄧㄚ		nyu ㄋㄧㄩ		nyo ㄋㄧㄡ	
にゃ	ニャ	にゅ	ニュ	にょ	ニョ
hya ㄏㄧㄚ		hyu ㄏㄧㄩ		hyo ㄏㄧㄡ	
ひゃ	ヒャ	ひゅ	ヒュ	ひょ	ヒョ
mya ㄇㄧㄚ		myu ㄇㄧㄩ		myo ㄇㄧㄡ	
みゃ	ミャ	みゅ	ミュ	みょ	ミョ
rya ㄌㄧㄚ		ryu ㄌㄧㄩ		ryo ㄌㄧㄡ	
りゃ	リャ	りゅ	リュ	りょ	リョ

gya ㄍㄧㄚ		gyu ㄍㄧㄩ		gyo ㄍㄧㄡ	
ぎゃ	ギャ	ぎゅ	ギュ	ぎょ	ギョ
ja ㄐㄧㄚ		ju ㄐㄧㄩ		jo ㄐㄧㄡ	
じゃ	ジャ	じゅ	ジュ	じょ	ジョ
ja ㄐㄧㄚ		ju ㄐㄧㄩ		jo ㄐㄧㄡ	
ぢゃ	ヂャ	づゅ	ヂュ	ぢょ	ヂョ
bya ㄅㄧㄚ		byu ㄅㄧㄩ		byo ㄅㄧㄡ	
びゃ	ビャ	びゅ	ビュ	びょ	ビョ
pya ㄆㄧㄚ		pyu ㄆㄧㄩ		pyo ㄆㄧㄡ	
ぴゃ	ピャ	ぴゅ	ピュ	ぴょ	ピョ

Part 1 必備單字

● Part 2 關鍵動詞

● Part 3 擬聲語擬態語

● Part 4 情境用語

● Part 5 基本句型

● Part 6 道地成語俚語

● Part 7 生活短語

● Part 8 常用問句

必備單字

• track 005

食物的調味

▷ あまい　　甜
a.ma.i.

▷ しょっぱい　　鹹（口語説法）
sho.ppa.i.

▷ しおからい　　鹹
shi.o.ka.ra.i.

▷ すっぱい　　酸
su.ppa.i.

さんみ
▷ 酸味　　酸味
sa.n.mi.

あま
▷ 甘ずっぱい　　酸酸甜甜
a.ma.zu.ppa.i.

から
▷ 辛い　　辣
ka.ra.i.

から
▷ ピリ辛　　微辣
pi.ri.ka.ra.

げきから
▷ 激辛　　超辣
ge.ki.ka.ra.

にが
▷ 苦い　　苦
ni.ga.i.

からくち
▷ 辛口　　辣味的
ka.ra.ku.chi.

あまくち
▷ 甘口　　不辣的
a.ma.ku.chi.

•track 005

上餐館

▷ ファーストフード店(てん) 速食店
fa.a.su.to.fu.u.do.te.n.

▷ スナックバー 小酒店
su.na.kku.ba.a.

▷ 食堂(しょくどう) 大眾餐廳
sho.ku.do.u.

▷ レストラン 正式的餐廳
re.su.to.ra.n.

▷ バイキング 吃到飽的餐廳
ba.i.ki.n.gu.

▷ ファミレス 適合全家去的餐廳
fa.mi.re.su.

▷ 食堂車(しょくどうしゃ) 火車上的餐車
sho.ku.do.u.sha.

▷ 屋台(やたい) 攤販
ya.ta.i.

▷ 立(た)ち食(ぐ)い 站著吃的
ta.chi.gu.i.

▷ 料亭(りょうてい) 餐廳
ryo.u.te.i.

▷ デパ地下(ちか) 百貨公司地下街
de.pa.chi.ka.

▷ 商店街(しょうてんがい) 商店街
cho.u.te.n.ga.i.

track 006

甜點

▷ プリン 布丁
pu.ri.n.

▷ ソフト 霜淇淋
so.fu.to.

▷ アイス 冰淇淋
a.i.su.

▷ パイ 餡餅
pa.i.

▷ タルト 水果餡餅／水果塔
ta.ru.to.

▷ ケーキ 蛋糕
ke.e.ki.

▷ ワッフル 鬆餅
wa.ffu.ru.

▷ ゼリー 果凍
ze.ri.i.

▷ たい焼(や)き 鯛魚燒
ta.i.ya.ki.

▷ 大学(だいがく)いも 拔絲地瓜
da.i.ga.ku.i.mo.

▷ クッキー 餅乾
ku.kki.i.

▷ せんべい 仙貝
se.n.be.i.

•track 006

▷ ぜんざい 紅豆湯
ze.n.za.i.

▷ 飴（あめ） 糖果
a.me.

▷ 饅頭（まんじゅう） 日式甜餡餅
ma.n.ju.u.

▷ シュークリーム 泡芙
shu.u.ku.ri.i.mu.

▷ わらびもち 蕨餅
wa.ra.bi.mo.chi.

▷ 大福（だいふく） 包餡的麻薯
da.i.fu.ku.

▷ 団子（だんご） 麻薯丸子
da.n.go.

▷ カステラ 蜂蜜蛋糕
ka.su.te.ra.

▷ チョコレート 巧克力
cho.ku.re.e.to.

▷ もち 麻薯
mo.chi.

▷ バームクーヘン 年輪蛋糕
ba.a.mu.ku.u.he.n.

▷ クレープ 可麗餅
ku.re.e.pu.

track 007

軟性飲料

▷ ドリンク 飲料
do.ri.n.ku.

▷ ミネラルウォーター 礦泉水
mi.ne.ra.ru.wo.o.ta.a.

▷ ホットチョコレート 熱巧克力
ho.tto.cho.ko.re.e.to.

▷ ホットココア 熱可可亞
ho.tto.ko.ko.a.

▷ ミルクティー 奶茶
mi.ru.ku.ti.i.

▷ ジュース 果汁
ju.u.su.

▷ レモンジュース 檸檬汁
re.mo.n.ju.u.su.

▷ グレープフルーツジュース 葡萄柚汁
gu.re.e.pu.fu.ru.u.tsu.ju.u.su.

▷ オレンジジュース 柳橙汁
o.re.n.ji.ju.u.su.

▷ ミックスジュース 混合水果飲料
mi.kku.su.ju.u.su.

▷ 乳酸菌飲料（にゅうさんきんいんりょう） 乳酸飲料
nyu.u.sa.n.ki.n.i.n.ryo.u.

▷ 牛乳（ぎゅうにゅう） 牛奶
gyu.u.nyu.u.

• track 007

咖啡

▷ ラッテ 拿鐵
ra.tte.

▷ エスプレッソ 義式濃縮
e.su.pu.re.sso.

▷ カプチーノ 卡布奇諾
ka.pu.chi.i.no.

▷ モカコーヒー 摩卡咖啡
mo.ka.ko.o.hi.i.

▷ カフェオレ 咖啡歐蕾
ka.fe.o.re.

▷ 低脂肪（ていしぼう） 低脂
te.i.shi.bo.u.

▷ ブラック 黑咖啡
bu.ra.kku.

▷ ブレンド 招牌咖啡
bu.re.n.do.

▷ インスタントコーヒー 即溶咖啡
i.n.su.ta.n.to.ko.o.hi.i.

▷ コーヒーミルク 牛奶咖啡
ko.o.hi.i.mi.ru.ku.

▷ コーヒーミックス 三合一咖啡
ko.o.hi.i.mi.kku.su.

• track 008

茶飲

▷ お茶（ちゃ） 茶
o.cha.

▷ 緑茶（りょくちゃ） 綠茶
ryo.ku.cha.

▷ 紅茶（こうちゃ） 紅茶
ko.u.cha.

▷ ほうじ茶（ちゃ） 烘焙茶
bo.u.ji.cha.

▷ 煎茶（せんちゃ） 煎茶
se.n.cha.

▷ ジャスミンティー 茉莉花茶
ja.su.mi.n.ti.i.

▷ アールグレイ 伯爵茶
a.a.ru.gu.re.i.

▷ ミントティー 薄荷茶
mi.n.to.ti.i.

▷ ラベンダーティー 薰衣草茶
ra.be.n.da.a.ti.i.

▷ 菊茶（きくちゃ） 菊花茶
ki.ku.cha.

▷ アッサムブラックティー 阿薩姆紅茶
a.ssa.mu.bu.ra.kku.ti.i.

▷ 麦茶（むぎちゃ） 麥茶
mu.gi.cha.

• track 008

酒精飲料

▷ ビール　　啤酒
bi.i.ru.

▷ ライトビール　　淡啤酒
ra.i.to.bi.i.ru.

▷ 生ビール（なま）　　生啤酒
na.ma.bi.i.ru.

▷ 黒ビール（くろ）　　黑啤酒
ku.ro.bi.i.ru.

▷ 発泡酒（はっぽうしゅ）　　發泡酒
ha.ppo.u.shu.

▷ シャンパン　　香檳酒
sha.n.pa.n.

▷ チューハイ　　酒精含量較低的調味酒
chu.u.ha.i.

▷ ワイン　　葡萄酒
wa.i.n.

▷ カクテル　　雞尾酒
ka.ku.te.ru.

▷ 焼酎（しょうちゅう）　　蒸餾酒
sho.u.chu.u.

▷ 梅酒（うめしゅ）　　梅酒
u.me.shu.

▷ シェリー　　雪利酒
she.ri.i.

•track 009

氣泡式飲料

▷ 炭酸水（たんさんすい） 碳酸飲料
ta.n.sa.n.su.i.

▷ ペプシ 百事可樂
pe.pu.shi.

▷ ダイエットペプシ 無糖百事可樂
da.i.e.tto.pe.pu.shi.

▷ セブンアップ 七喜
se.bu.n.a.ppu.

▷ コカコーラゼロ 零卡可樂
ko.ka.ko.o.ra.ze.ro.

▷ コカコーラ 可口可樂
ko.ka.ko.o.ra.

▷ スプライト 雪碧
su.pu.ra.i.to.

▷ ファンタ 芬達
fa.n.ta.

▷ サイダー 汽水
sa.i.da.a.

▷ ソーダ 蘇打水
so.o.da.

▷ ラムネ 彈珠汽水
ra.mu.ne.

▷ メロンサイダー 哈密瓜汽水
me.ro.n.sa.i.da.a.

• track 009

烹調的方式

▷ ゆでる　水煮
yu.de.ru.

や
▷ 焼く　煎
ya.ku.

あ
▷ 揚げる　炸
a.ge.ru.

▷ いためる　炒
i.ta.me.ru.

ゆどお
▷ 湯通しする　燙煮的
yu.do.o.shi.su.ru.

に
▷ 煮る　燉的
ni.ru.

む
▷ 蒸す　蒸
mu.su.

くんせい
▷ 燻製　燻的
ku.n.se.i.

▷ あぶり　用火稍微烤過
a.bu.ri.

ほ
▷ 干す　晒乾
ho.su.

さ
▷ 冷ます　冰鎮
sa.ma.su.

▷ つける　醃漬
tsu.ke.ru.

• track 010

調味料

▷ 塩（しお） 鹽
shi.o.

▷ 砂糖（さとう） 糖
sa.to.u.

▷ こしょう 胡椒粉
ko.sho.u.

▷ ケチャップ 番茄醬
ke.cha.ppu.

▷ 片栗粉（かたくりこ） 太白粉
ka.ta.ku.ri.ko.

▷ 山しょう（さん） 山椒
sa.n.sho.u.

▷ しょうゆ 醬油
sho.u.yu.

▷ 唐辛子（とうがらし） 辣椒
to.u.ga.ra.shi.

▷ マスタード 芥末
ma.su.ta.a.do.

▷ 酢（す） 醋
su.

▷ シナモン 肉桂
shi.na.mo.n.

▷ チーズ 起司
chi.i.zu.

•track 010

▷ しょうが　薑
sho.u.ga.

▷ ねぎ　蔥
ne.gi.

▷ たまねぎ　洋蔥
ta.ma.ne.gi.

▷ にんにく　大蒜
ni.n.ni.ku.

▷ バジル／バジリコ　羅勒
ba.ji.ru./ba.ji.ri.ko.

▷ パクチー　香菜
pa.ku.chi.i.

▷ ごま油（あぶら）　麻油
go.ma.a.bu.ra.

▷ オイスターソース　蠔油
o.i.su.ta.a.so.o.su.

▷ オリーブ油（ゆ）　橄欖油
o.ri.i.bu.yu.

▷ ごま　芝麻
go.ma.

▷ 七味（しちみ）　七味粉
shi.chi.mi.

▷ ソース　醬汁（較濃稠的）
so.o.su.

▷ たれ　醬汁（較稀的）
ta.re.

● track 011

蔬菜類

▷ しいたけ　香菇
shi.i.ta.ke.

▷ しめじ　滑菇
shi.me.ji.

▷ じゃがいも　馬鈴薯
ja.ga.i.mo.

▷ にんじん　紅蘿蔔
ni.n.ji.n.

▷ 大根（だいこん）　白蘿蔔
da.i.ko.n.

▷ ほうれん草（そう）　菠菜
ho.u.re.n.so.u.

▷ キャベツ　高麗菜
kya.be.tsu.

▷ きゅうり　小黃瓜
kyu.u.ri.

▷ ブロッコリ　綠色花椰菜
bu.ro.kko.ri.

▷ ピーマン　青椒
pi.i.ma.n.

▷ なす　茄子
na.su.

▷ セロリ　芹菜
se.ro.ri.

• track 011

▷ 白菜（はくさい） 大白菜
ha.ku.sa.i.

▷ レタス 萵苣
re.ta.su.

▷ とうもろこし／コーン 玉米
to.u.mo.ro.ko.shi./ko.o.n.

▷ 長ねぎ（ながねぎ） 大蔥
na.ga.ne.gi.

▷ かぶ 蕪菁
ka.bu.

▷ おくら 秋葵
o.ku.ra.

▷ あずき 紅豆
a.zu.ki.

▷ 黒豆（くろまめ） 黑豆
ku.ro.ma.me.

▷ グリーンピース 豌豆
gu.ri.i.n.pi.i.su.

track 012

水果類

▷ レモン 檸檬
re.mo.n.

▷ もも 桃子
mo.mo.

▷ みかん 柑橘
mi.ka.n.

▷ さくらんぼ 櫻桃
sa.ku.ra.n.bo.

▷ りんご 蘋果
ri.n.go.

▷ なし 梨子
na.shi.

▷ バナナ 香蕉
ba.na.na.

▷ ぶどう 葡萄
bu.do.u.

▷ メロン 哈蜜瓜
me.ro.n.

▷ キウイ 奇異果
ki.u.i.

▷ グレープフルーツ 葡萄柚
gu.re.e.pu.fu.ru.u.tsu.

▷ いちご 草莓
i.chi.go.

• track 012

肉類

▷ 豚肉（ぶたにく） 豬肉
bu.ta.ni.ku.

▷ ロース 里肌肉
ro.o.su.

▷ ヒレ 腰內肉
hi.re.

▷ ベーコン 培根
be.e.ko.n.

▷ ソーセージ 香腸
so.o.se.e.ji.

▷ ビーフ 牛肉
bi.i.fu.

▷ 牛（ぎゅう）タン 牛舌
gyu.u.ta.n.

▷ 鶏肉（とりにく） 雞肉
to.ri.ni.ku.

▷ もも肉（にく） 大雞腿
mo.mo.ni.ku.

▷ 手羽先（てばさき） 雞翅膀
ta.ba.sa.ki.

▷ かも肉（にく） 鴨肉
ka.mo.ni.ku.

▷ ラム 羊肉
ra.mu.

track 013

海鮮

▷ いせえび
i.se.e.bi.
龍蝦

▷ えび
e.bi.
蝦

▷ あまえび
a.ma.e.bi.
甜蝦

▷ 車えび（くるま）
ku.ru.ma.e.bi.
大蝦

▷ しらす
shi.ra.su.
魩仔魚

▷ かに
ka.ni.
螃蟹

▷ かまぼこ
ka.ma.bo.ko.
魚板

▷ かき
ka.ki.
牡蠣

▷ ほたて
ho.ta.te.
帆立貝

▷ たら
ta.ra.
鱈魚

▷ たらこ
ta.ra.ko.
鱈魚子

▷ 明太子（めんたいこ）
me.n.ta.i.ko.
明太子

• track 013

▷ いくら 鮭魚子
i.ku.ra.

▷ マグロ 鮪魚
ma.gu.ro.

▷ たい 鯛魚
ta.i.

▷ こい 鯉魚
ko.i.

▷ ひらめ 比目魚
hi.ra.me.

▷ さば 鯖
sa.ba.

▷ さけ 鮭
sa.ke.

▷ うなぎ 鰻
u.na.gi.

▷ たこ 章魚
ta.ko.

▷ いか 花枝
i.ka.

▷ スモークサーモン 燻鮭魚
su.mo.o.ku.sa.a.mo.n.

▷ ふぐ 河豚
fu.gu.

▷ あゆ 香魚
a.yu.

•track 014

主食類

▷ ごはん　　米飯
go.ha.n.

▷ めん　　麵條
me.n.

▷ カップラーメン　　速食麵
ka.ppu.ra.a.me.n.

▷ 春雨（はるさめ）　　冬粉
ha.ru.sa.me.

▷ すし　　壽司
su.shi.

▷ 肉（にく）まん　　肉包子
ni.ku.ma.n.

▷ おにぎり　　飯糰
o.ni.gi.ri.

▷ ラーメン　　拉麵
ra.a.me.n.

▷ 餃子（ぎょうざ）　　煎餃
gyo.u.za.

▷ うどん　　烏龍麵
u.do.n.

▷ そば　　蕎麥麵
so.ba.

▷ オムライス　　蛋包飯
o.mu.ra.i.su.

● track 014

服裝

▷ スーツ　西裝／套裝
su.u.tsu.

▷ 半(はん)ズボン　短褲
ha.n.zu.bo.n.

▷ デニム　牛仔褲
de.ni.mu.

▷ 靴下(くつした)　襪子
ku.tsu.shi.ta.

▷ コート　外套
ko.o.to.

▷ ワンピース　連身洋裝
wa.n.pi.i.su.

▷ ドレス　晚禮服
do.re.su.

▷ ブラウス　罩衫／女上衣
bu.ra.u.su.

▷ ベスト　背心
be.su.to.

▷ セーター　毛衣
se.e.ta.a.

▷ 着物(きもの)　和服
ki.mo.no.

▷ 浴衣(ゆかた)　夏季和服
yu.ka.ta.

• track 015

鞋款

▷ ブーツ　　靴子
bu.u.tsu.

▷ アイゼン　　釘鞋
a.i.ze.n.

▷ 下駄（げた）　　木屐
ge.ta.

▷ スケート　　溜冰鞋
su.ke.e.to.

▷ スポーツシューズ　　運動鞋
su.po.o.tsu./shu.u.zu.

▷ カジュアルシューズ　　便鞋
ka.ju.a.ru./shu.u.zu.

▷ ランニングシューズ　　慢跑鞋
ra.n.ni.n.gu./shu.u.zu.

▷ カジュアルブーツ　　休閒靴
ka.ju.a.ru./bu.u.tsu.

▷ ワークブーツ　　工作靴
wa.a.ku./bu.u.tsu.

▷ レインブーツ　　雨鞋
re.i.n./bu.u.tsu.

▷ 上履き（うわばき）　　學校穿的室內鞋
u.wa.ba.ki.

▷ スリッパ　　拖鞋
su.ri.ppa.

•track 015

配件

▷ ピアス　　耳環
pi.a.su.

▷ ビーズ　　串珠
bi.i.zu.

▷ ブレスレット　　手環
bu.re.su.re.tto.

▷ ピン　　別針／髮夾
pi.n.

▷ リング　　戒指
ri.n.gu.

▷ ネックレス　　項鏈
ne.kku.re.su.

▷ ブローチ　　胸針
bu.ro.o.chi.

▷ 革（かわ）のブレス　　皮手環
ka.wa.no.bu.re.su.

▷ バングル　　手鐲
ba.n.gu.ru.

▷ カチューシャ　　髮箍
ka.chu.u.sha.

▷ ヘアゴム　　綁頭髮的橡皮筋
he.a.go.mu.

▷ 腕時計（うでどけい）　　手錶
u.de.do.ke.i.

• track 016

頭髮造型保養

▷ シャンプー　洸髮精
sha.n.pu.u.

▷ コンディショナー　潤髮乳
ko.n.di.sho.na.a.

▷ トリートメント　護髮乳
to.ri.i.to.me.n.to.

▷ ワックス　髮臘
wa.kku.su.

▷ スプレー　造型噴霧
su.pu.re.e.

▷ ムース　慕絲
mu.u.su.

▷ ホットカーラー　捲髮器
ho.tto./ka.a.ra.a.

▷ 電動(でんどう)かみそり　電推剪
de.n.do.u./ka.mi.so.ri.

▷ ブラシ　梳子
bu.ra.shi.

▷ ストレートアイロン　平板夾
su.to.re.e.to./a.i.ro.n.

▷ ドライヤー　吹風機
do.ra.i.ya.a.

▷ 前髪止(まえがみど)め　瀏海便利魔法氈
ma.e.ga.mi.do.me.

• track 016

皮膚保養

▷ オイリー肌（はだ）　油性膚質
o.i.ri.i.ha.da.

▷ ドライ肌（はだ）　乾性膚質
do.ra.i.ha.da.

▷ 混合肌（こんごうはだ）　混合性膚質
ko.n.go.u.ha.da.

▷ 敏感肌（びんかんはだ）　敏感型膚質
bi.n.ka.n.ha.da.

▷ 化粧水（けしょうすい）　化妝水
ke.sho.u.su.i.

▷ ローション　化妝水凝露
ro.o.sho.n.

▷ ミルク　乳液
mi.ru.ku.

▷ エッセンス／セラム　精華液
e.sse.n.su./se.ra.mu.

▷ モイスチャー　保濕霜
mo.i.su.cha.a.

▷ リッチクリーム　乳霜
ri.cchi.ku.ri.i.mu.

▷ アイジェル　眼部保養凝膠
a.i.je.ru.

▷ リップモイスト　護唇膏
ri.ppu.mo.i.su.to.

●track 017

▷ スキンウォーター　臉部保濕噴霧
su.ki.n.wo.o.ta.a.

▷ パック／マスク　面膜
pa.kku./ma.su.ku.

▷ 油(あぶら)とり紙(がみ)　吸油面紙
a.bu.ra.to.ri.ga.mi.

▷ 洗顔料(せんがんりょう)　洗面乳
se.n.ga.n.ryo.u.

▷ 石鹸(せっけん)　香皂
se.kke.n.

▷ 洗顔(せんがん)フォーム　洗面乳
se.n.ga.n.fo.o.mu.

▷ クレンジングオイル　卸妝油
ku.re.n.ji.n.gu./o.i.ru.

▷ クリアジェル　卸妝凝膠
ku.ri.a.je.ru.

▷ クレンジングフォーム　卸妝乳
ku.re.n.ji.n.gu./fo.o.mu.

▷ メイク落(お)としシート　卸妝紙巾
me.i.ku.o.to.shi./shi.i.to.

▷ アイメイククレンジング　眼部卸妝油
a.i.me.i.ku./ku.re.n.ji.n.gu.

▷ 毛穴(けあな)すっきりパック　妙鼻貼
ke.a.na.su.kki.ri./pa.kku.

•track 017

彩妝

▷ 下地（したじ） 妝前霜／飾底乳
shi.ta.ji.

▷ ベースクリーム 隔離乳
be.e.su.ku.ri.i.mu.

▷ メイクアップベース 隔離霜
me.i.ku.a.ppu.be.e.su.

▷ パウダーファンデーション 粉餅
pa.u.da.a./fa.n.de.e.sho.n.

▷ リキッドファンデーション 粉底液
ri.ki.ddo./fa.n.de.e.sho.n.

▷ スティックファンデーション 條狀粉底
su.ti.kku./fa.n.de.e.sho.n.

▷ 両用（りょうよう）タイプ 兩用粉餅
ryo.u.yo.u.ta.i.pu.

▷ ホワイトコンシール 遮瑕膏
ho.wa.i.to.ko.n.shi.i.ru.

▷ フェイスパウダー 蜜粉
fe.i.su.pa.u.da.a.

▷ アイライナー 眼線眼線筆
a.i.ra.i.na.a.

▷ リッキドアイライナー 眼線液
ri.kki.do./a.i.ra.i.na.a.

▷ アイシャドー 眼影
a.i.sha.do.o.

• track 018

▷ クリーミィアイシャドー　眼彩
ku.ri.i.mi./a.i.sha.do.o.

▷ マスカラ　睫毛膏
ma.su.ka.ra.

▷ つけまつげ　假睫毛
tsu.ke.ma.tsu.ge.

▷ ブロウパウダー　眉粉
bu.ro.u.pa.u.da.a.

▷ アイブロウペンシル　眉筆
a.i.bu.ro.u./pe.n.shi.ru.

▷ ウォータープルーフ　防水
wo.o.ta.a.pu.ru.u.fu.

▷ ラッシュセラム　睫毛保養液
ra.sshu.se.ra.mu.

▷ チークカラー　腮紅
chi.i.ku.ka.ra.a.

▷ グリッター　亮片
gu.ri.tta.a.

▷ リップライナー　唇線筆
ri.ppu.ra.i.na.a.

▷ リップグロス　唇彩
ri.ppu.gu.ro.su.

▷ リップスティック　口紅
ri.ppu.su.ti.kku.

• track 018

購物場所

▷ ブティック　精品店
bu.ti.kku.

▷ お土産物屋（みやげものや）　紀念品專賣店
o.mi.ya.ge.mo.no.ya.

▷ 免税店（めんぜいてん）　免稅商店
me.n.ze.i.te.n.

▷ スーパー　超級市場
su.u.pa.a.

▷ ドラッグストア　藥妝店
do.ra.ggu.su.to.a.

▷ 市場（いちば）　市集
i.chi.ba.

▷ デパート　百貨公司
de.pa.a.to.

▷ 商店街（しょうてんがい）　商店街
sho.u.te.n.ga.i.

▷ ホームセンター　DIY 家俱量販店
ho.o.mu./se.n.ta.a.

▷ 業務用（ぎょうむよう）スーパー　量販中心
gyo.u.mu.yo.u./su.u.pa.a.

▷ アウトレット　暢貨中心
a.u.to.re.tto.

▷ ショッピングモール　大型購物中心
sho.ppi.n.gu./mo.o.ru.

•track 019

數字

▷ まる／ゼロ／れい 零
ma.ru./ze.ro./re.i.

▷ 一（いち） 一
i.chi.

▷ 二（に） 二
ni.

▷ 三（さん） 三
sa.n.

▷ 四（よん）／四（し） 四
yo.n./shi.

▷ 五（ご） 五
go.

▷ 六（ろく） 六
ro.ku.

▷ 七（しち）／七（なな） 七
shi.chi./na.na.

▷ 八（はち） 八
ha.chi.

▷ 九（きゅう）／九（く） 九
kyu.u./ku.

▷ 十（じゅう） 十
ju.u.

▷ 二十（にじゅう） 二十
ni.ju.u.

● track 019

▷ 九十（きゅうじゅう） 九十
kyu.u.ju.u.

▷ 百（ひゃく） 百
hya.ku.

▷ 三百（さんびゃく） 三百
sa.n.bya.ku.

▷ 六百（ろっぴゃく） 六百
ro.ppya.ku.

▷ 八百（はっぴゃく） 八百
ha.ppya.ku.

▷ 千（せん） 千
se.n.

▷ 三千（さんぜん） 三千
sa.n.ze.n.

▷ 万（まん） 萬
ma.n.

▷ 百万（ひゃくまん） 百萬
hya.ku.ma.n.

▷ 億（おく） 億
o.ku.

• track 020

月份日期

▷ 一月（いちがつ） 一月
i.chi.ga.tsu.

▷ 二月（にがつ） 二月
ni.ga.tsu.

▷ 三月（さんがつ） 三月
sa.n.ga.tsu.

▷ 四月（しがつ） 四月
shi.ga.tsu.

▷ 五月（ごがつ） 五月
go.ga.tsu.

▷ 六月（ろくがつ） 六月
ro.ku.ga.tsu.

▷ 七月（しちがつ） 七月
shi.chi.ga.tsu.

▷ 八月（はちがつ） 八月
ha.chi.ga.tsu.

▷ 九月（くがつ） 九月
ku.ga.tsu.

▷ 十月（じゅうがつ） 十月
ju.u.ga.tsu.

▷ 十一月（じゅういちがつ） 十一月
ju.u.i.chi.ga.tsu.

▷ 十二月（じゅうにがつ） 十二月
ju.u.ni.ga.tsu.

• track 020

日期

▷ 一日（ついたち） 一號
tsu.i.ta.chi.

▷ 二日（ふつか） 二號
fu.tsu.ka.

▷ 三日（みっか） 三號
mi.kka.

▷ 四日（よっか） 四號
yo.kka.

▷ 五日（いつか） 五號
i.tsu.ka.

▷ 六日（むいか） 六號
mu.i.ka.

▷ 七日（なのか） 七號
na.no.ka.

▷ 八日（ようか） 八號
yo.u.ka.

▷ 九日（ここのか） 九號
ko.ko.no.ka.

▷ 十日（とおか） 十號
to.o.ka.

▷ 十四日（じゅうよっか） 十四號
ju.u.yo.kka.

▷ 二十日（はつか） 二十號
ha.tsu.ka.

● track 021

星期

にちようび
▷ 日曜日　　星期日
ni.chi.yo.u.bi.

げつようび
▷ 月曜日　　星期一
ge.tsu.yo.u.bi.

かようび
▷ 火曜日　　星期二
ka.yo.u.bi.

すいようび
▷ 水曜日　　星期三
su.i.yo.u.bi.

もくようび
▷ 木曜日　　星期四
mo.ku.yo.u.bi.

きんようび
▷ 金曜日　　星期五
ki.n.yo.u.bi.

どようび
▷ 土曜日　　星期六
do.yo.u.bi.

●track 021

表示時間點

▷ 午前（ごぜん） 早上到中午間的時段
go.ze.n.

▷ 午後（ごご） 下午
go.go.

▷ 朝（あさ） 早上
a.sa.

▷ 昼（ひる） 白天
hi.ru.

▷ 夜（よる） 晚上
yo.ru.

▷ 夜中（よなか） 深夜
yo.na.ka.

▷ 今日（きょう） 今天
kyo.u.

▷ 昨日（きのう） 昨天
ki.no.u.

▷ 一昨日（おととい） 前天
o.to.to.i.

▷ 明日（あした） 明天
a.shi.ta.

▷ あさって 後天
a.ssa.te.

▷ 去年（きょねん） 去年
kyo.ne.n.

●track 022

▷ 今年（ことし） 今年
ko.to.shi.

▷ 来年（らいねん） 明年
ra.i.ne.n.

▷ 先月（せんげつ） 上個月
se.n.ge.tsu.

▷ 今月（こんげつ） 這個月
ko.n.ge.tsu.

▷ 来月（らいげつ） 下個月
ra.i.ge.tsu.

▷ 先週（せんしゅう） 上週
se.n.shu.u.

▷ 今週（こんしゅう） 這週
ko.n.shu.u.

▷ 来週（らいしゅう） 下週
ra.i.shu.u.

▷ 毎日（まいにち） 每天
ma.i.ni.chi.

▷ 毎週（まいしゅう） 每週
ma.i.shu.u.

▷ 毎月（まいつき） 每個月
ma.i.tsu.ki.

▷ 毎年（まいとし） 每年
ma.i.to.shi.

● track 022

臉部表情

▷ 表情（ひょうじょう） 表情
hyo.u.jo.u.

▷ 顔色（かおいろ） 臉色
ka.o.i.ro.

▷ 血相（けっそう） 血色
ke.sso.u.

▷ 無表情（むひょうじょう） 沒表情
mu.hyo.u.jo.u.

▷ 笑い顔（わらいがお） 笑臉
wa.ra.i.ga.o.

▷ 笑顔（えがお） 笑容
e.ga.o.

▷ 泣き顔（なきがお） 哭臉
na.ki.ga.o.

▷ 恵比須顔（えびすがお） 商人的笑臉
e.bi.su.ga.o.

▷ 真顔（まがお） 認真的表情
ma.ga.o.

▷ 知らん顔（しらんかお） 裝作不知情的臉
si.ra.n.ga.o.

▷ 涼しい顔（すずしいかお） 冷淡的表情
su.zu.shi.i.ka.o.

▷ したり顔（したりがお） 得意的表情
shi.ta.ri.ga.o.

track 023

▷ 知り顔(しりがお) 很了解的表情
shi.ri.ga.o.

▷ 思案顔(しあんがお) 在思考的表情
shi.a.n.ga.o.

▷ お為顔(ためがお) 為人著想的表情
o.ta.me.ga.o.

▷ 慰め顔(なぐさめがお) 安慰人的表情
na.gu.sa.me.ga.o.

▷ バカ面(づら) 發呆的臉
ba.ka.zu.ra.

▷ 吠え面(ほえづら) 哭喪著臉
ho.e.zu.ra.

▷ 膨れっ面(ふくれっつら) 氣呼呼的表情
fu.ku.re.ttsu.ra.

▷ しかめっ面(つら) 皺起眉頭的苦臉
shi.ka.me.ttsu.ra.

▷ 難色(なんしょく) 面有難色
na.n.sho.ku.

▷ 赤面(せきめん) 臉紅
se.ki.me.n.

▷ 曇る(くもる) 臉上有陰霾
ku.mo.ru.

▷ 顰める(ひそめる) 不開心皺眉的臉
hi.so.me.ru.

▷ 歯噛み(はがみ) 不甘心的表情
ha.ga.mi.

track 023

全身動作

▷ 動作（どうさ） 動作
do.u.sa.

▷ 振る舞い（ふるまい） 行為
fu.ru.ma.i.

▷ モーション 動作
mo.o.sho.n.

▷ 縋りつく（すがりつく） 被捉住
su.ga.ri.tsu.ku.

▷ 寄り縋る（よりすがる） 靠近
yo.ri.su.ga.ru.

▷ 追い縋る（おいすがる） 從後面追上
o.i.su.ga.ru.

▷ 掴まる（つかまる） 捉
tsu.ka.ma.ru.

▷ 取り付く（とりつく） 依靠、揪住
to.ri.tsu.ku.

▷ 組み付く（くみつく） 扭成一團
ku.mi.tsu.ku.

▷ 震い付く（ふるいつく） 激動的抱住
fu.ru.i.tsu.ku.

▷ 泣き付く（なきつく） 哭著要求、哀求
na.ki.tsu.ku.

▷ べた付く（べたつく） 黏在一起
be.ta.tsu.ku.

• track 024

▷ 飛(と)びつく　飛身抱住
to.bi.tsu.ku.

▷ 飛(と)び掛(かか)る　猛撲過去
to.bi.ka.ka.ru.

▷ 掴(つか)み合(あ)う　抓住對方
tsu.ka.mi.a.u.

▷ 抱(だ)き付(つ)く　懷抱住
da.ki.tsu.ku.

▷ 抱(だ)く　抱
da.ku.

▷ 抱(だ)き込(こ)む　抱住
da.ki.ko.mu.

▷ 抱(だ)き締(し)める　緊緊抱住
da.ki.shi.me.ru.

▷ 抱(だ)き取(と)る　抱過來
da.ki.to.ru.

▷ 抱(だ)き上(あ)げる　抱起來
da.ki.a.ge.ru.

▷ 抱(だ)きかかえる　抱起
da.ki.ka.ka.e.ru.

▷ 抱(かか)え込(こ)む　用兩手抱住大的東西
ka.ka.e.ko.mu.

▷ 抱(だ)っこ　抱小嬰兒、小朋友
da.kko.

●track 024

手部動作

▷ 持(も)つ　拿
mo.tsu.

▷ 取(と)る　取
to.ru.

▷ 握(にぎ)る　握
ni.gi.ru.

▷ 握(にぎ)り締(し)める　緊握
ni.gi.ri.shi.me.ru.

▷ 掴(つか)む　抓
tsu.ka.mu.

▷ 掴(つか)まえる　抓住
tsu.ka.ma.e.ru.

▷ 引(ひ)っ掴(つか)む　伸手一抓
hi.ttsu.ka.mu.

▷ 手掴(てづか)み　用手直接抓
te.zu.ka.mi.

▷ 鷲(わし)づかみ　粗魯的抓
wa.shi.zu.ka.mi.

▷ 逆手(さかて)　倒握／反握
sa.ka.te.

▷ 取(と)り合(あ)う　手牽手
to.ri.a.u.

▷ 手放(てばな)し　放手
te.ba.na.shi.

• track 025

▷ 手(て)ぶら　　空手
te.bu.ra.

▷ 素手(すで)　　空手
su.de.

▷ 空手(からて)　　空手
ka.ra.te.

▷ 無手(むて)　　不帶武器／不用手段
mu.te.

▷ 撫(な)でる　　撫摸
na.de.ru.

▷ 撫(な)で下(お)ろす　　由上向下摸
na.de.o.ro.su.

▷ 撫(な)で付(つ)ける　　按／整理
na.de.tsu.ke.ru.

▷ 撫(な)で上(あ)げる　　由下向上摸
na.de.a.ge.ru.

▷ 擦(す)る　　摩擦
su.ru.

▷ 擽(くすぐ)る　　搔癢
ku.su.gu.ru.

▷ 掻(か)く　　搔／抓
ka.ku.

▷ 引(い)っ掻(か)く　　用力抓
hi.kka.ku.

▷ 揉(も)む　　揉
mo.mu.

• track 025

▷ 揉み手（もみで） 道歉或是請求時的手勢
mo.mi.de.

▷ 扱く（しごく） 捋（如：摸鬍子等動作）
shi.go.ku.

▷ 手招き（てまねき） 招手
te.ma.ne.ki.

▷ 手打ち（てうち） 和解或成交後拍手
te.u.chi.

▷ 拍手（はくしゅ） 拍手
ha.ku.shu.

▷ 柏手（かしわで） 合十（拜神時）
ka.shi.wa.de.

▷ 横手（よこて） 鼓掌
yo.ko.te.

▷ 手拍子（てびょうし） 打拍子
te.byo.u.shi.

▷ 腕ずく（うでずく） 用腕力
u.de.zu.ku.

▷ 腕まくり（うでまくり） 捲起袖子
u.de.ma.ku.ri.

▷ 腕組み（うでぐみ） 雙手交叉在胸前
u.de.gu.mi.

▷ 束ねる（たばねる） 雙手交叉在胸前什麼都不做
ta.ba.ne.ru.

▷ 拱く（こまぬく） 拱手
ko.ma.me.ku.

● track 026

▷ 後ろ手（うしろで） 手擺在後面
u.shi.ro.de.

▷ 懐手（ふところて） 手放在懷中
fu.to.ko.ro.te.

▷ ほお杖（づえ） 手撐著臉
ho.o.zu.e.

▷ 指差す（ゆびさす） 用手指
yu.bi.sa.su.

▷ 扇ぐ（あおぐ） 搧
a.o.gu.

▷ つまむ 用手指抓
tsu.ma.mu.

▷ ひねる 用手捏
hi.ne.ru.

▷ 抓る（つねる） 抓
tsu.ne.ru.

▷ 毟る（むしる） 揪／拔
mu.shi.ru.

▷ 摘む（つむ） 摘
tsu.mu.

● track 026

行走

▷ 歩く（あるく） 走路
a.ru.ku.

▷ 一歩（いっぽ） 一步
hi.ppo.

▷ 徒歩（とほ） 徒步
to.ho.

▷ 独り歩き（ひとりあるき） 一個人走
hi.to.ri.a.ru.ki.

▷ 使い歩き（つかいあるき） 被差遣
tsu.ka.i.a.ru.ki.

▷ 夜歩き（よあるき） 走夜路
yo.a.ru.ki.

▷ 練り歩く（ねりあるく） 列隊走
ne.ri.a.ru.ku.

▷ 拾い歩き（ひろいあるき） 信步走
hi.ro.i.a.ru.ki.

▷ 抜き足（ぬきあし） 輕輕踮腳走
nu.ki.a.shi.

▷ 差し足（さしあし） 輕輕走
sa.shi.a.shi.

▷ 忍び足（しのびあし） 躡手躡腳
shi.no.bi.a.shi.

▷ 摺り足（すりあし） 躡手躡腳
su.ri.a.shi.

●track 027

▷ 探り足（さぐりあし） 用腳探索著向前
sa.gu.ri.a.shi.

▷ 刻み足（きざみあし） 步伐又小又快
ki.za.mi.a.shi.

▷ 急ぎ足（いそぎあし） 走得很急
i.so.gi.a.shi.

▷ 早足（はやあし） 走得快
ha.ya.a.shi.

▷ 並足（なみあし） 普通的速度走
na.mi.a.shi.

▷ 闊歩（かっぽ） 跨大步走
ka.ppo.

▷ 這う（はう） 爬
ha.u.

▷ 這い回る（はいまわる） 到處爬行
ha.i.ma.wa.ru.

▷ 四つん這い（よつんばい） 手腳並用的爬
yo.ttsu.n.ba.i.

▷ 腹ばい（はらばい） 匍匐
ha.ra.ba.i.

▷ 横ばい（よこばい） 橫爬／橫行
yo.ko.ba.i.

▷ にじる 跪著慢慢移動
ni.ji.ru.

●track 027

口部動作

▷ 食(く)いつく　咬住
ku.i.tsu.ku.

▷ 食(く)らいつく　緊咬住
ku.ra.i.tsu.ku.

▷ 食(く)い合(あ)う　互食
ku.i.a.u.

▷ 噛(か)みあう　互咬
ka.mi.a.u.

▷ 齧(かじ)り付(つ)く　咬住
ka.ji.ri.tsu.ku.

▷ 齧(かじ)る　咬
ka.ji.ru.

▷ かぶりつく　大口咬
ka.bu.ri.tsu.ku.

▷ かぶる　咬著
ka.bu.ru.

▷ 銜(くわ)える　銜著
ku.wa.e.ru.

▷ ぱくつく　大口吃
pa.ku.tsu.ku.

▷ 噛(か)む　咀嚼
ka.mu.

▷ 歯(は)噛(が)み　咬牙
ha.ga.mi.

• track 028

▷ 歯切れ（はぎれ） 口齒
ha.gi.re.

▷ 噛み締める（かみしめる） 用力咀嚼
ka.mi.shi.me.ru.

▷ 食い縛る（くいしばる） 咬緊牙關
ku.i.shi.ba.ru.

▷ 噛み殺す（かみころす） 咬死
ka.mi.ko.ro.su.

▷ しゃぶる 含
sha.bu.ru.

▷ 舐める（なめる） 舔
na.me.ru.

▷ 口なめずり（くちなめずり） 舔嘴唇
ku.chi.na.me.zu.ri.

▷ 舌舐めずり（したなめずり） 吃飯前後舔嘴的動作
shi.ta.na.me.zu.ri.

▷ 舌打ち（したうち） 因不滿而咂嘴
shi.ta.u.chi.

▷ 含む（ふくむ） 包含
fu.ku.mu.

▷ 頬張る（ほおばる） 嘴巴塞滿食物
ho.o.ba.ru.

▷ 飲む（のむ） 喝
no.mu.

▷ 飲み込む（のみこむ） 大口喝下
no.mi.ko.mu.

●track 028

▷ 飲（の）み下（くだ）す　喝下去
no.mi.ku.da.su.

▷ 丸呑（まるの）み　大口喝
ma.ru.no.mi.

▷ 鵜呑（うの）み　大口喝
u.no.mi.

▷ 一口（ひとくち）　一口
hi.to.ku.chi.

▷ 啜（すす）る　一點一點慢慢喝
su.su.ru.

▷ 吸（す）う　啜／吸／喝
su.u.

▷ 吸（す）い込（こ）む　吸入
su.i.ko.mu.

▷ 吹（ふ）く　吹
fu.ku.

▷ 吹（ふ）かす　吐煙
fu.ka.su.

▷ 吐（は）く　吐出來
ha.ku.

▷ 口移（くちうつ）し　嘴對嘴
ku.chi.u.tsu.shi.

● track 029

聲音

▷ 声（こえ） 聲音（指人或動物）
ko.e.

▷ ボイス 聲音
bo.i.su.

▷ のど 喉嚨
no.do.

▷ 音声（おんせい） 聲音
o.n.se.i.

▷ 人声（ひとごえ） 人聲
hi.to.go.e.

▷ 話し声（はなしごえ） 說話的聲音
ha.na.shi.go.e.

▷ 声々（こえごえ） 很多人的聲音
ko.e.go.e.

▷ 肉声（にくせい） 自然的嗓音／直接聽到的聲音
ni.ku.se.i.

▷ 地声（じごえ） 原本的聲音
ji.go.e.

▷ 裏声（うらごえ） 假音
u.ra.go.e.

▷ 作り声（つくりごえ） 裝出來的聲音
tsu.ku.ri.go.e.

▷ 含み声（ふくみごえ） 咕噥的聲音
fu.ku.mi.go.e.

●track 029

▷ 小声（こごえ） 小聲／低聲
ko.go.e.

▷ 大声（おおごえ） 大聲／高聲
o.o.go.e.

▷ 嗄れ声（しゃがれごえ） 粗聲
sha.ga.re.go.e.

▷ 金切り声（かなきりごえ） 尖聲
ka.na.ki.ri.go.e.

▷ きいきい声（こえ） 尖銳的聲音
ki.i.ki.i.ko.e.

▷ 黄色い声（きいろいこえ） 嬌聲
ki.i.ro.i.ko.e.

▷ 鼻声（はなごえ） 帶鼻音的聲音
ha.na.go.e.

▷ 風邪声（かぜごえ） 感冒時帶鼻音的聲音
ka.ze.go.e.

▷ 震え声（ふるえごえ） 聲音顫抖
fu.ru.e.go.e.

▷ 発声（はっせい） 發聲
ha.sse.i.

▷ 奇声（きせい） 奇怪的聲音
ki.se.i.

▷ 笑い声（わらいごえ） 笑聲
wa.ra.i.go.e.

▷ 泣き声（なきごえ） 哭聲
na.ki.go.e.

• track 030

▷ 鳴き声（なきごえ） 叫聲
na.ki.go.e.

▷ 涙声（なみだごえ） 哭哭啼啼的聲音
na.mi.da.go.e.

▷ 産声（うぶごえ） 出生後的第一道哭聲
u.bu.go.e.

▷ 歌声（うたごえ） 歌聲
u.ta.go.e.

▷ 売り声（うりごえ） 叫賣聲
u.ri.go.e.

▷ 呼び声（よびごえ） 呼喚聲
yo.bi.go.e.

▷ 掛け声（かけごえ） 吆喝聲
ka.ke.go.e.

▷ 叫び声（さけびごえ） 喊叫聲
sa.ke.bi.go.e.

▷ 喚声（かんせい） 興奮時發出的叫聲
ka.n.se.i.

▷ 歓声（かんせい） 歡呼聲
ka.n.se.i.

▷ エール 加油聲
e.e.ru.

▷ 勝どき（かちどき） 勝利時的歡呼聲
ka.chi.do.ki.

▷ 猫なで声（ねこなでごえ） 肉麻的聲音
ne.ko.na.de.go.e.

• track 030

▷ 声変わり(こえがわり) 變聲
ko.e.ga.wa.ri.

▷ 怒鳴る(どなる) 生氣的大叫
do.na.ru.

▷ がなる 吵鬧／怒叫
ga.na.ru.

▷ 絶叫(ぜっきょう) 拚命喊叫
ze.kkyo.u.

▷ 悲鳴(ひめい) 哀嚎
hi.me.i.

▷ 呻く(うめく) 呻吟
u.me.ku.

▷ ざわめく 騷動
za.wa.me.ku.

▷ ため息(いき) 嘆氣
ta.me.i.ki.

• track 031

感動

▷ 感(かん)じる　感覺到
ka.n.ji.ru.

▷ 動(うご)く　動搖
u.go.ku.

▷ 躍(おど)る　心情躍動
o.do.ru.

▷ 胸(むね)を打(う)つ　感動人心
mu.ne.o.u.tsu.

▷ 染(し)みる　深深感動
shi.mi.ru.

▷ ぐっと来(く)る　感動
gu.tto.ku.ru.

▷ 感激(かんげき)　感動
ka.n.ge.ki.

▷ 感慨(かんがい)　感觸
ka.n.ga.i.

▷ 感心(かんしん)　欽佩
ka.n.shi.n.

▷ 胸(むね)に迫(せま)る　心中強烈感覺到
mu.ne.ni.se.ma.ru.

▷ 燃(も)える　情緒激動
mo.e.ru.

▷ 沸(わ)く　熱血沸騰
wa.ku.

• track 031

▷ 募る(つの) 情感慢慢累積變強
tsu.no.ru.

▷ 興奮(こうふん) 興奮
ko.u.fu.n.

▷ 刺激(しげき) 刺激
shi.ge.ki.

▷ 熱狂(ねっきょう) 狂熱
ne.kkyo.u.

▷ ときめく 心情激動
to.ki.me.ku.

▷ とどろく 激動
to.do.ro.ku.

▷ 高鳴る(たかな) 興奮的心情
ta.ka.na.ru.

▷ 胸騒ぎ(むなさわ) 不祥的預感
mu.na.sa.wa.gi.

▷ 落ち着き(お つ) 冷靜／安心
o.chi.tsu.ki.

▷ 冷める(さ) 熱情減退
sa.me.ru.

▷ 澄ます(す) 靜下來／去除雜念
su.ma.su.

•track 032

方向詞彙

▷ 東（ひがし） 東
hi.ga.shi.

▷ 南（みなみ） 南
mi.na.mi.

▷ 西（にし） 西
ni.shi.

▷ 北（きた） 北
ki.ta.

▷ 左（ひだり） 左
hi.da.ri.

▷ 左側（ひだりがわ） 左邊
hi.da.ri.ga.wa.

▷ 右（みぎ） 右
mi.gi.

▷ 右側（みぎがわ） 右邊
mi.gi.ga.wa.

▷ まっすぐ行（い）く 往前直去
ma.ssu.gu.i.ku.

▷ そこ 那兒
so.ko.

▷ ここ 這兒
ko.ko.

▷ あそこ 那兒（較遠處）
a.so.ko.

• track 032

▷ まえ　前方
ma.e.

▷ うしろ　後方
u.shi.ro.

▷ 反対側（はんたいがわ）　對面的
ha.n.ta.i.ga.wa.

▷ 向（む）こう　那一頭
mu.ko.u.

▷ 隣（となり）　在…旁
to.na.ri.

▷ 真（ま）ん中（なか）　中間
ma.n.na.ka.

▷ 角（かど）　轉角
ka.do.

▷ まで　到…
ma.de.

▷ 辺（へん）　方向／附近
he.n.

▷ 近（ちか）く　附近
chi.ka.ku.

▷ どこ　哪裡
do.ko.

•track 033

交通標誌

▷ インターチェンジ　交流道
i.n.ta.a.he.n.ji.

▷ 出入り口（でいりぐち）　高速公路出入口
de.i.ri.gu.chi.

▷ サービスエリア　休息站
sa.a.bi.su./e.ri.a.

▷ 十字路（じゅうじろ）　十字路口
ju.u.ji.ro.

▷ 交差点（こうさてん）　交叉口
ko.u.sa.te.n.

▷ 環状交差路（かんじょうこうさろ）　圓環
ka.n.jo.u./ko.u.sa.ro.

▷ 歩行者に注意（ほこうしゃ ちゅうい）　當心行人
ho.ko.u.sha.ni./chu.u.i.

▷ 信号（しんごう）　交通號誌
shi.n.go.u.

▷ 工事中（こうじちゅう）　道路施工
ko.u.ji.chu.u.

▷ 立ち入り禁止（た い きんし）　禁止進入
ta.chi.i.ri./ki.n.shi.

▷ 車両進入禁止（しゃりょうしんにゅうきんし）　車輛進入禁止
sha.ryo.u./shi.n.nyu.u.ki.n.shi.

▷ 通行止め（つうこうど）　禁止通行
tsu.u.ko.u.do.me.

• track 033

▷ 指定方向外通行禁止　依方向通行
shi.te.i.ho.u.ko.u.ga.i./tsu.u.ko.u.ki.n.shi.

▷ 転回禁止　禁止迴車
te.n.ka.i.ki.n.shi.

▷ 自転車通行止め　禁行自行車
ji.te.n.sha./tsu.u.ko.u.do.me.

▷ 一方通行　單行道
i.ppo.u.tsu.u.ko.u.

▷ 踏み切りあり　前有平交道
fu.mi.ki.ri.a.ri.

▷ 信号機あり　前有號誌
shi.n.go.u.ki./a.ri.

▷ 車線数減少　車道縮減
sha.se.n.su.u./ge.n.sho.u.

▷ 自動車専用　車輛專行道
ji.do.u.sha./se.n.yo.u.

▷ 歩行者専用　行人專用
ho.kjo.u.sha./se.n.yo.u.

▷ 止まれ　停
to.ma.re.

▷ 通学路　學童上學路線
tsu.u.ga.ku.ro.

▷ 駐停車禁止　不准停車
chu.u.te.i.sha./ki.n.shi.

▷ 横断歩道　前有人行道
o.u.da.n.ho.u.do.u.

track 034

▷ 徐行（じょこう） 慢行
jo.ko.u.

▷ 最低速度（さいていそくど） 速限
sa.i.te.i.so.ku.do.

▷ 駐車場（ちゅうしゃじょう） 來客停車場
chu.u.sha.jo.u.

▷ 満員（まんいん） 停車位有限
ma.n.i.n.

▷ 月極駐車場（つきぎめちゅうしゃじょう） 月租停車場
tsu.ki.gi.me./chu.u.sha.jo.u.

▷ 停車可（ていしゃか） 允許停車
te.i.sha.ka.

▷ 一時停止（いちじていし） 暫停
i.chi.ji.te.i.shi.

▷ 下り急勾配あり（くだ きゅうこうばい） 險降坡
ku.da.ri./kyu.u.ko.u.pa.i./a.ri.

▷ 滑りやすい（すべ） 路滑
su.be.ri.ya.su.i.

▷ 二方向交通（にほうこうこうつう） 雙向道
ni.ho.u.ko.u./ko.u.tsu.u.

•track 034

標語常見詞彙

▷ 私物（しぶつ） 私人物品
shi.bu.tsu.

▷ 優先席（ゆうせんせき） 博愛座
yu.u.se.n.se.ki.

▷ バス停（てい） 公車站牌
ba.su.te.i.

▷ バス案内所（あんないしょ） 公車詢問處
ba.su.a.n.na.i.sho.

▷ 乗（の）りば 公車上車處
no.ri.ba.

▷ 右側通行（みぎがわつうこう） 靠右通行
mi.gi.ga.wa.tsu.u.ko.u.

▷ 精算機（せいさんき） 補票機
se.i.sa.n.ki.

▷ 自由席（じゆうせき） 自由座
ji.yu.u.se.ki.

▷ 指定席（していせき） 指定座
shi.te.i.se.ki.

▷ グリーン席（せき） 豪華座
gu.ri.i.n.se.ki.

▷ 周遊券（しゅうゆうけん） 套票／可在期間內無限搭乘
shu.u.yu.u.ke.n.

▷ 一日券（いちにちけん） 一日券
i.chi.ni.chi.ke.n.

●track 035

▷ 禁煙席（きんえんせき） 禁菸席
ki.n.e.n.se.ki.

▷ 喫煙席（きつえんせき） 抽菸席
ki.tsu.e.n.se.ki.

▷ 始発（しはつ） 頭班車
shi.ha.tsu.

▷ 終電（しゅうでん） 末班車
shu.u.de.n.

▷ 空席（くうせき） 空位
ku.u.se.ki.

▷ コインロッカー 投幣式置物櫃
ko.i.n./ro.kka.a.

▷ 交番（こうばん） 警察局
ko.u.ba.n.

▷ 観光案内所（かんこうあんないじょ） 遊客服務中心
ka.n.ko.u./a.n.na.i.jo.

▷ お問（と）い合（あ）わせ 詢問處
o.to.i.a.wa.se.

▷ サービスセンター 服務中心
sa.a.bi.su./se.n.ta.a.

▷ タクシーのりば 計程車上車處
a.ku.shi.i.no.ri.ba.

▷ 改札口（かいさつぐち） 剪票口
ka.i.sa.tsu.gu.chi.

▷ 自動改札口（じどうかいさつぐち） 自動感應票口
ji.do.u./ka.i.sa.tsu.gu.chi.

●track 035

▷ 乗車券（じょうしゃけん） 車票
jo.u.sha.ke.n.

▷ 電子マネー（でんし） 儲值卡
de.n.shi.ma.ne.e.

▷ 運賃（うんちん） 車資
u.n.chi.n.

▷ 切符売り場（きっぷうりば） 售票處
ki.ppu./u.ri.ba.

▷ 駆け込み乗車禁止（かけこみじょうしゃきんし） 禁止搶搭上車
ka.ke.ko.mi./jo.u.sha./ki.n.shi.

▷ ターミナル 航站大廈
ta.a.mi.na.ru.

▷ 両替所（りょうがえじょ） 外幣兑換處
ryo.u.ga.e.jo.

▷ 郵便局（ゆうびんきょく） 郵局
yu.u.bi.n.kyo.ku.

▷ 到着（とうちゃく） 入境
to.u.cha.ku.

▷ 出発ロビー（しゅっぱつ） 出境大廳
shu.ppa.tsu./ro.bi.i.

▷ 出発（しゅっぱつ） 出境
shu.ppa.tsu.

▷ カウンター 櫃檯
ka.u.n.ta.a.

▷ 出入国管理ゲート（しゅつにゅうこくかんり） 出入境櫃檯
shu.tsu.nyu.u.ko.ku./ka.n.ri./ge.e.to.

•track 036

空運工具相關詞彙

▷ チェックイン　登機手續
che.kku.i.n.

▷ パースポート／旅券（りょけん）　護照
pa.a.su.po.o.to./ryo.ke.n.

▷ ビザ　簽證
bi.za.

▷ チケット　機票
chi.ke.tto.

▷ 窓側（まどがわ）　靠窗座位
ma.do.ga.wa.

▷ 通路側（つうろがわ）　走道座位
tsu.u.ro.ga.wa.

▷ 中間席（ちゅうかんせき）　中間的座位
chu.u.ka.n.se.ki.

▷ 非常出口（ひじょうでぐち）　緊急出口
hi.jo.u.de.gu.chi.

▷ 空間（くうかん）　空間
ku.u.ka.n.

▷ トイレ　洗手間
to.i.re.

▷ エコノミークラス　經濟艙
e.ko.no.mi.i./ku.ra.su.

▷ ファーストクラス　頭等艙
fa.a.su.to./ku.ra.su.

• track 036

▷ ビジネスクラス　商務艙
bi.ji.ne.su./ku.ra.su.

▷ 時間(じかん)どおり　準點
ji.ka.n.do.o.ri.

▷ ボーディングカード／搭乗券(とうじょうけん)　登機證
bo.o.di.n.gu./ka.a.do./to.jo.u.ke.n.

▷ 引換証(ひきかえしょう)　行李認領單
hi.ki.ka.e.sho.u.

▷ ゲート　登機門
ge.e.to.

▷ 乗(の)りつぎ　轉機
no.ri.tsu.gi.

▷ スケール　(行李)磅秤
su.ke.e.ru.

▷ 手荷物(てにもつ)　隨身行李
te.ni.mo.tsu.

▷ 係員(かかりいん)に預(あず)ける。　行李託運
ka.ka.ri.i.n.ni./a.zu.ke.ru.

▷ ターミナル A　A 航站
ta.a.mi.na.ru.e.

▷ アナウンス　登機前的廣播
a.na.u.n.su.

▷ キャビンアテンダント　空服員
kya.bi.n.a.te.n.da.n.to.

▷ シートベルト　安全帯
shi.i.to.be.ru.to.

關鍵動詞

• track 037

行く
i.ku.
去

▷ これから行きます。
ko.re.ka.ra.i.ki.ma.su.
現在正要去。

▷ いつ行きましたか。
i.tsu.i.ki.ma.shi.ta.ka.
什麼時候去的？

▷ 私は行きません
wa.ta.shi.wa./i.ki.ma.se.n.
我不去。

▷ 行ってください。
i.tte.ku.da.sa.i.
請你去。

▷ どうやって行けばいいですか。
do.u.ya.tte./i.ke.ba./.i.de.su.ka.
該怎麼去才好呢？

▷ 行ったことがありません。
i.tta.ko.to.ga./a.ri.ma.se.n.
沒有去過。

▷ わたしも行く。
wa.ta.shi.mo.i.ku.
我也要去。

▷ 行くな！
i.ki.na.
不准去！

• track 037

ku.ru.

來

▷ 来週来ます。
ra.i.shu.u./ki.ma.su.
下星期會來。

▷ 昨日彼はうちに来ました。
ki.no.u./ka.re.wa./u.chi.ni./ki.ma.shi.ta.
他昨天來我家。

▷ 二度と来ません。
ni.do.to./ki.ma.se.n.
不會再來這裡第二次。

▷ こちらに来て下さい。
ko.chi.ra.ni./ki.te.ku.da.sa.i.
請來這裡。

▷ どうやって来ればいいですか。
do.u.ya.tte./ku.re.ba./i.i.de.su.ka.
要怎麼來比較好呢？

▷ 来たことがあります。
ki.ta.ko.ta.ga./a.ri.ma.su.
有來過。

▷ 明日も来る。
a.shi.ta.mo./ku.ru.
明天來會來。

▷ 来るな！
ku.ru.na.
不要過來。

• track 038

買う
ka.u.
買

▷ 野菜を買います。
ya.sa.i.o./ka.i.ma.su.
買蔬菜。

▷ 高いバッグを買いました。
ta.ka.i./ba.ggu.o./ka.i.ma.shi.ta.
買了很貴的包包。

▷ これは買いません。
ko.re.wa./ka.i.ma.se.n.
不買這個。

▷ ジュースを買ってください。
ju.u.su.o./ka.tte.ku.da.sa.i.
請買果汁。

▷ どう買えばいいですか。
do.u.ka.e.ba./i.i.de.su.ka.
要怎麼買呢？

▷ 買ったことがあります。
ka.tta.ko.to.ga./a.ri.ma.su.
有買過。

▷ タバコを買う。
ta.ba.ko.o./ka.u.
買菸。

▷ 買うな！
ka.u.na.
不准買。

•track 038

聴く
ki.ku.
聽

▷ 音楽を聴きます。
o.n.ga.ku.o./ki.ki.ma.su.
聽音樂。

▷ 昨日、音楽を聴きました。
ki.no.u./o.n.ga.ku.o./ki.ki.ma.shi.ta.
昨天聽了音樂。

▷ 音楽を聴きませんか。
o.n.ga.ku.o./ki.ki.ma.se.n.ka.
要不要聽音樂。

▷ 新曲を聴いてください。
shi.n.kyo.ku.o./ki.i.te.ku.da.sa.i.
請聽聽這次的新歌。

▷ どう聴けばいいですか。
do.u.ki.ke.ba./i.i.de.su.ka.
要怎麼聽呢？

▷ そんなことを聴いたことがありません。
so.n.na.ko.to.o./ki.i.ta.ko.to.ga./a.ri.ma.se.n.
沒聽過那種事。

▷ クラシックを聴く。
ku.ra.shi.kku.o./ki.ku.
聽古典樂。

▷ ロックを聴くな！
ro.kku.o./ki.ku.na.
不准聽搖滾樂。

• track 039

書く
ka.ku.
寫

▷ 文を書きます。
bu.n.o./ka.ki.ma.su.
寫句子。

▷ 本を書きました。
ho.n.o./ka.ki.ma.shi.ta.
寫了一本書。

▷ テキストに書かないでください。
te.ki.su.to.ni./ka.ka.na.i.de./ku.da.sa.i.
請不要寫在課本上。

▷ ボールペンで書いてください。
bo.o.ru.pe.n.de./ka.i.te.ku.da.sa.i.
請用原子筆寫。

▷ どう書けばいいですか。
do.u.ka.ke.ba./i.i.de.su.ka.
要怎麼寫比較好呢？

▷ 書いたことがありません。
ka.i.ta.ko.to.ga./a.ri.ma.se.n.
沒有寫過。

▷ 作文を書く。
sa.ku.bu.n.o./ka.ku.
寫作文。

▷ 壁に書くな！
ka.be.ni./ka.ku.na.
不准寫在牆壁上。

• track 039

食べる

ta.be.ru.

吃

▷ りんごを食べます。
ri.n.go.o./ta.be.ma.su.
吃蘋果。

▷ もう食べました。
mo.u./ta.be.ma.shi.ta.
已經吃過了。

▷ 肉は食べません。
ni.ku.wa./ta.be.ma.se.n.
不吃肉。

▷ ケーキを食べてみてください。
ke.e.ki.o./ta.be.te.mi.te./ku.da.sa.i.
請吃蛋糕。

▷ どうやって食べればいいですか。
do.u.ya.tte./ta.be.re.ba./i.i.de.su.ka.
該怎麼吃呢？

▷ 馬刺しを食べたことがありません。
ba.sa.shi.o./ta.be.ta.ko.to.ga./a.ri.ma.se.n.
沒有吃過生馬肉。

▷ ご飯を食べたいです。
go.ha.n.o./ta.be.ta.i.de.su.
想吃飯。

▷ ラーメンを食べる。
ra.a.me.n.o./ta.be.ru.
吃拉麵。

•track 040

読む
yo.mu.
閱讀

▷ 小説を読みます。
sho.u.se.tsu.o./yo.mi.ma.su.
讀小說。

▷ 資料、もう読みました。
shi.ryo.u./mo.u./yo.mi.ma.shi.ta.
已經讀過資料了。

▷ 雑誌を読みたくない。
za.sshi.o./yo.mi.ta.ku.na.i.
不想讀雜誌。

▷ 文書を読んでください。
bu.n.sho.o./yo.n.de.ku.da.sa.i.
請看這些文書資料。

▷ どう読めばいいですか。
do.u./yo.me.ba./i.i.de.su.ka.
該怎麼讀呢？

▷ この本を読んだことがありません。
ko.no.ho.n.o./yo.n.da.ko.to.ga./a.ri.ma.se.n.
沒有讀過這本書。

▷ エッセイを読む。
e.sse.i.o./yo.mu.
讀散文。

▷ 漫画を読むな！
ma.n.ga.o./yo.mu.na.
不准看漫畫。

•track 040

洗う
あら

a.ra.u.

洗

▷ お皿を洗います。
o.sa.ra.o./a.ra.i.ma.su.
洗盤子。

▷ コップを洗いました。
ko.ppu.o./a.ra.i.ma.shi.ta.
洗過杯子了。

▷ マグを洗いたくない。
ma.gu.o./a.ra.i.ta.ku.na.i.
不想洗馬克杯。

▷ このコップを洗ってください。
ko.no.ko.ppu.o./a.ra.tte./ku.da.sa.i.
請洗這個杯子。

▷ どう洗えばいいですか。
do.u.a.ra.e.ba./i.i.de.su.ka.
該怎麼洗呢？

▷ お皿を洗ったことがありません。
o.sa.ra.o./a.ra.tta.ko.to.ga./a.ri.ma.se.n.
沒有洗過碗盤。

▷ お茶碗を洗う。
o.cha.wa.n.o./a.ra.u.
洗碗。

▷ 靴を洗うな！
ku.tsu.o./a.ra.u.na.
不要洗鞋子。

●track 041

歩く（あるく）

a.ru.ku.

走路

▷ 道（みち）を歩（ある）きます。

mi.chi.o./a.ru.ki.ma.su.

走在路上。

▷ 駅（えき）まで歩（ある）きました。

e.ki.ma.de./a.ru.ki.ma.shi.ta.

走到車站。

▷ 傘（かさ）を差（さ）して歩（ある）きます。

ka.sa.o./sa.shi.te./a.ru.ki.ma.su.

撐著傘走路。

▷ 学校（がっこう）まで歩（ある）いてください。

ga.kko.u.ma.de./a.ru.i.te./ku.da.sa.i.

請走路到學校。

▷ 手（て）を繋（つな）いで歩（ある）こう。

te.o./tsu.na.i.de./a.ru.ko.u.

牽著手一起走吧。

▷ この道（みち）を歩（ある）いたことがある。

ko.no.mi.chi.o./a.ru.i.ta.ko.to.ga./a.ru.

曾經走過這條路。

▷ 公園（こうえん）を歩（ある）く。

ko.u.e.n.o./a.ru.ku.

走在公園裡。

▷ 芝生（しばふ）を歩（ある）くな。

shi.ba.fu.o./a.ru.ku.na.

不要走在草皮上。

• track 041

走(はし)る

ha.shi.ru.

跑

▷ 学校(がっこう)まで走(はし)ります。

ga.kko.u.ma.de./ha.shi.ri.ma.su.

跑到學校。

▷ 昨日(きのう)、駅(えき)まで走(はし)りました。

ki.no.u./e.ki.ma.de./ha.shi.ri.ma.shi.ta.

昨天用跑的到車站。

▷ 走(はし)りたくないんです。

ha.shi.ri.ta.ku.na.i.n.de.su.

不想跑。

▷ 早(はや)く走(はし)ってください。

ha.ya.ku./ha.shi.tte./ku.da.sa.i.

快點跑。

▷ 早(はや)く走(はし)れば間(ま)に合(あ)えます。

ha.ya.ku.ha.shi.re.ba./ma.ni.a.e.ma.su.

跑快一點的話就來得及。

▷ 百(ひゃく)メートルを10秒(びょう)で走(はし)ったことがありません。

hya.ku.me.e.to.ru.o./ju.u.byo.u.de./ha.shi.tta.ko.to.ga./a.ri.ma.se.n.

沒有在十秒內跑完一百公尺過。

▷ 先頭(せんとう)を走(はし)る。

se.n.go.u.o./ha.shi.ru.

跑在前頭。

▷ 走(はし)れ！

ha.shi.re.

快跑！

• track 042

貸す
ka.su.
借出

▷ お金を貸します。
o.ka.ne.o./ka.shi.ma.su.
借錢給人。

▷ 友達に傘を貸しました。
to.mo.da.chi.ni./ka.sa.o./ka.shi.ma.shi.ta.
借傘給朋友。

▷ お金は貸しません。
o.ka.ne.wa./ka.shi.ma.se.n.
不借人錢。

▷ めがねを貸してください。
me.ga.ne.o./ka.shi.te./ku.da.sa.i.
請借我眼鏡。

▷ 辞書を貸したことがありません。
ji.sho.o./ka.shi.ta.ko.to.ga./a.ri.ma.se.n.
沒有借過別人字典。

▷ あなたに貸したくない。
a.na.ta.ni./ka.shi.ta.ku.na.i.
不想借你。

▷ ノートを貸す。
no.o.to.o.ka.su.
借人筆記。

▷ パソコンを貸さない。
pa.so.ko.n.o./ka.sa.na.i.
不借人電腦。

•track 042

借(か)りる
ka.ri.ru.
借入

▷ 服(ふく)を借(か)ります。
fu.ku.o./ka.ri.ma.su.
借來衣服。

▷ お金(かね)を借(か)りました。
o.ka.ne.o./ka.ri.ma.shi.ta.
借到錢。

▷ 本(ほん)は借(か)りません。
ho.n.wa./ka.ri.ma.se.n.
不向人借書。

▷ 地図(ちず)を借(か)りてきます。
chi.zu.o./ka.ri.te./ki.ma.su.
去向人借地圖。

▷ 電話(でんわ)を借(か)りてもいいですか。
de.n.wa.o./ka.ri.te.mo./i.i.de.su.ka.
可以借我電話嗎？

▷ 時計(とけい)を借(か)りたことがありません。
to.ke.i.o./ka.ri.ta.ko.to.ga./a.ri.ma.se.n.
沒有借過時鐘。

▷ ドライヤーを借(か)りたいんですが。
do.ra.i.ya.a.o./ka.ri.ta.i.n.de.su.ga.
想要借吹風機。

▷ トイレを借(か)りる。
to.i.re.o./ka.ri.ru.
借廁所。

• track 043

言う

i.u.

說

▷ 本音を言います。

ho.n.ne.o./i.i.ma.su.

說真心話。

▷ 事実を言いました。

ji.ji.tsu.o./i.i.ma.shi.ta.

說出事實。

▷ 何も言いません。

na.ni.mo./i.i.ma.se.n.

什麼都不說。

▷ 自由に言ってください。

ji.yu.u.ni./i.tte.ku.da.sa.i.

請自由發言。

▷ なんと言えばいいですか。

na.n.to./i.e.ba./i.i.de.su.ka.

該怎麼說呢？

▷ 何も言いたくない。

na.ni.mo./i.i.ta.ku.na.i.

什麼都不想說。

▷ 何でも言う。

na.n.de.mo./i.u.

什麼都說。

▷ 彼に言うな！

ka.re.ni./i.u.na.

不要跟他說。

•track 043

話す
ha.na.su.
說／聊天

▷ 友達と話します。
to.mo.da.chi.to./ha.na.shi.ma.su.
和朋友聊天。

▷ 家族と話しました。
ka.zo.ku.to./ha.na.shi.ma.shi.ta.
和家人聊過天。

▷ あなたと話しません。
a.na.ta.to./ha.na.shi.ma.se.n.
不和你說話。

▷ 日本語で話してください。
ni.ho.n.go.de./ha.na.shi.te./ku.da.sa.i.
請用日文說。

▷ どう話せばいいですか。
do.u.ha.na.se.ba./i.i.de.su.ka.
該怎麼說呢？

▷ あの人と話した事がありません。
a.no.hi.to.to./ha.na.shi.ta.ko.to.ga./a.ri.ma.se.n.
沒有和那個人說過話。

▷ クラスメートと話す。
ku.ra.su.me.e.to.to./ha.na.su.
和同學說話。

▷ 話すな！
ha.na.su.na.
不准說話。

●track 044

持つ

mo.tsu.

拿／持有

▷ 傘を持ちます。
ka.sa.o./mo.chi.ma.su.
拿著傘。

▷ 辞書を持っています。
ji.sho.o./mo.tte.i.ma.su.
持有字典。

▷ 荷物を持ちたくない。
ni.mo.tsu.o./mo.chi.ta.ku.na.i.
不拿行李。

▷ かばんを持っていきます。
ka.ba.n.o./mo.tte./i.ki.ma.su.
帶著包包去。

▷ 本を持つ。
ho.n.o./mo.tsu.
拿著書。

▷ 車を持っていない。
ku.ru.ma.o./mo.tte.i.na.i.
沒有車。

▷ 一人で持ちます。
hi.to.ri.de./mo.chi.ma.su.
一個人拿。

▷ 子供にカゴを持たせます。
ko.do.mo.ni./ka.go.o./mo.ta.se.ma.su.
讓孩子拿著籃子。

•track 044

帰(かえ)る
ka.e.ru.
回去

▷ 国(くに)へ帰(かえ)ります。
ku.ni.e./ka.e.ri.ma.su.
歸國。

▷ もう帰(かえ)りました。
mo.u./ka.e.ri.ma.shi.ta.
已經回去了。

▷ まだ帰(かえ)りません。
ma.da./ka.e.ri.ma.se.n.
還沒回去。

▷ 早(はや)く帰(かえ)ってください。
ha.ya.ku./ka.e.tte./ku.da.sa.i.
請早一點回去。

▷ 帰(かえ)りたい。
ka.e.ri.ta.i.
想回去了。

▷ 早(はや)く帰(かえ)れ。
ha.ya.ku./ka.e.re.
快點回去。

▷ 日曜日(にちようび)に帰(かえ)る。
ni.chi.yo.u.bi.ni./ka.e.ru.
星期天會回去。

▷ 帰(かえ)るな。
ka.e.ru.na.
不准回去。

• track 045

待つ

ma.tsu.

等待

▷ ここで待ちます。
ko.ko.de./ma.chi.ma.su.
在這裡等。

▷ ずいぶん待ちました。
zu.i.bu.n./ma.chi.ma.shi.ta.
等了很久。

▷ 待ちたくない。
ma.chi.ta.ku.na.i.
不想等。

▷ 少々お待ちください。
sho.u.sho.u./o.ma.chi/.ku.da.sa.i.
請稍等一下。

▷ 待ってください。
ma.tte.ku.da.sa.i.
等一下。

▷ 待て！
ma.te.
等等！

▷ 待った事がありません。
ma.tta.ko.to.ga./a.ri.ma.se.n.
沒等過。

▷ 友達を待つ。
to.mo.da.chi.o./ma.tsu.
等朋友。

• track 045

消す
ke.su.
消失／關掉

▷ テレビを消します。
te.re.bi.o./ke.shi.ma.su.
關電視。

▷ 電気をもう消しました。
de.n.ki.o.mo.u./ke.shi.ma.shi.ta.
已經把燈關了。

▷ エアコンを消さないでください。
e.a.ko.n.o./ke.sa.na.i.de./ku.da.sa.i.
請不要關冷氣。

▷ 冷房を消してください。
re.i.bo.u.o./ke.shi.te./ku.da.sa.i.
請關冷氣。

▷ どう消せばいいですか。
do.u.ke.se.ba./i.i.de.su.ka.
該怎麼關掉呢？

▷ ランプを消した事がありません。
ra.n.pu.o./ke.shi.ta./ko.to.ga./a.ri.ma.se.n.
沒有關過燈。

▷ 暖房を消す。
da.n.bo.u.o./ke.su.
關暖氣。

▷ この機械を消すな。
ko.no.ki.ka.i.o./ke.su.na.
不准把這機器關掉。

•track 046

呼ぶ

yo.bu.

叫／召喚

▷ 子供を呼びます。
ko.do.mo.o./yo.bi.ma.su.
叫小孩。

▷ 課長が呼びました。
ka.cho.u.ga./yo.bi.ma.shi.ta.
課長在叫人。

▷ あなたを呼びません。
a.na.ta.o./yo.bi.ma.se.n.
不叫你來。

▷ いくら呼んでも答えません。
i.ku.ra.yo.n.de.mo./ko.ta.e.ma.se.n.
怎麼叫都沒反應。

▷ 何と呼べばいいですか。
na.n.to./yo.be.ba./i.i.de.su.ka.
該怎麼稱呼呢？

▷ 警察を呼んだ事がありません。
ke.i.sa.tsu.o./yo.n.da.ko.to.ga./a.ri.ma.se.n.
沒叫過警察。

▷ 名前を呼ばれた。
na.ma.e.o./yo.ba.re.ta.
有人叫我的名字。

▷ 助けを呼ぶ。
ta.su.ke.o./yo.bu.
呼救。

● track 046

勉強する
be.n.kyo.u.su.ru.
念書／學習

▷ 日本語を勉強します。
ni.ho.n.go.o./be.n.kyo.u.shi.ma.su.
學日文。

▷ 日本で勉強しました。
ni.ho.n.de./be.n.kyo.u.shi.ma.shi.ta.
在日本學過。

▷ ぜんぜん勉強していません。
ze.n.ze.n./be.n.kyo.u.shi.te.i.ma.se.n.
完全沒念書。

▷ ちゃんと勉強してください。
cha.n.to./be.n.kyo.u.shi.te./ku.da.sa.i.
請用功念書。

▷ どうやって勉強すればいいですか。
do.u.ya.tte./be.n.kyo.u.su.re.ba./i.i.de.su.ka.
該怎麼念書呢？

▷ フランス語を勉強した事がありません。
fu.ra.n.su.go.o./be.n.kyo.u.shi.ta.ko.to.ga./a.ri.ma.se.n.
沒學過法文。

▷ 息子に英語を勉強させる。
mu.su.ko.ni./e.i.go.o./be.n.kyo.u.sa.se.ru.
讓兒子去學英文。

•track 047

座(すわ)る
su.wa.ru.
坐

▷ きちんと座(すわ)ります。
ki.chi.n.to./su.wa.ri.ma.su.
坐得很正。

▷ 座布団(ざぶとん)に座(すわ)りました。
za.bu.to.n.ni./su.wa.ri.ma.shi.ta.
坐在椅墊上。

▷ 畳(たたみ)に座(すわ)りたくない。
ta.ta.mi.ni./su.wa.ri.ta.ku.na.i.
不坐在榻榻米上。

▷ ソファーに座(すわ)って本(ほん)を読(よ)みます。
so.fa.a.ni./su.wa.tte./ho.n.o.yo.mi.ma.su.
坐在沙發上讀書。

▷ どう座(すわ)ればいいですか。
do.u.su.wa.re.ba./i.i.de.su.ka.
該怎麼坐呢？

▷ 座(すわ)らないでください。
su.wa.ra.na.i.de./ku.da.sa.i.
請不要坐。

▷ いすに座(すわ)る。
i.su.ni./su.wa.ru.
坐在椅子上。

▷ 床(ゆか)に座(すわ)るな。
yu.ka.ni.su.wa.ru.na.
不要坐在地板上。

• track 047

立つ(た)
ta.tsu.
站

▷ 教室(きょうしつ)に立(た)ちます。
kyo.u.shi.tsu.ni./ta.chi.ma.su.
站在教室。

▷ さっき彼(かれ)はここに立(た)ちました。
sa.kki./ka.re.wa./ko.ko.ni./ta.chi.ma.shi.ta.
他剛剛站在這裡。

▷ 入(い)り口(ぐち)に立(た)たせます。
i.ri.gu.chi.ni./ta.ta.se.ma.su.
叫人站在入口。

▷ しっかりと立(た)ってください。
shi.kka.ri.to./ta.tte.ku.da.sa.i.
請站好。

▷ 頂上(ちょうじょう)に立(た)った事(こと)があります。
cho.u.jo.u.ni.ta.tta.ko.to.ga./a.ri.ma.su.
曾經站上過山頂。

▷ 出口(でぐち)に立(た)つ。
de.gu.chi.ni./ta.tsu.
站在出口。

▷ 階段(かいだん)に立(た)たないでください。
ka.i.da.n.ni./ta.ta.na.i.de./ku.da.sa.i.
請不要站在樓梯上。

▷ 立(た)て！
ta.te.
站起來！

•track 048

起(お)きる

o.ki.ru.

起床／醒著

▷ 十時(じゅうじ)におきます。
ju.u.ji.ni./o.ki.ma.su.
十點起床。

▷ 今朝(けさ)五時(ごじ)に起(お)きました。
ke.sa.go.ji.ni./o.ki.ma.shi.ta.
今天早上五點起床。

▷ いつも起(お)きられません。
i.tsu.mo./o.ki.ra.re.ma.se.n.
總是起不來。

▷ 遅(おそ)くまで起(お)きていました。
o.so.ku.ma.de./o.ki.te./i.ma.shi.ta.
到很晚都醒著。

▷ 朝起(あさお)きてから夜寝(よるね)るまで。
a.sa.o.ki.te.ka.ra./yo.ru.ne.ru.ma.de.
從早上起床到晚上就寢之前。

▷ ずっと起(お)きています。
zu.tto.o.ki.te./i.ma.su.
一直都醒著。

▷ いつもより早(はや)く起(お)きた。
i.tsu.mo.yo.ri./ha.ya.ku.o.ki.ta.
比平常早起。

▷ 明日三時(あしたさんじ)に起(お)きる予定(よてい)です。
a.shi.ta.sa.n.ji.ni.o.ki.ru./yo.te.i.de.su.
明天早上預計三點起床。

• track 048

乗(の)る
no.ru.
乘坐

▷ 自転車(じてんしゃ)に乗(の)ります。
ji.te.n.sha.ni./no.ri.ma.su.
騎腳踏車。

▷ 電車(でんしゃ)に乗(の)りました。
de.n.sha.ni./no.ri.ma.shi.ta.
坐電車。

▷ 飛行機(ひこうき)に乗(の)りたくない。
hi.ko.u.ki.ni./no.ri.ta.ku.na.i.
不坐飛機。

▷ タクシーに乗(の)って会社(かいしゃ)に行(い)きます。
ta.ku.shi.i.ni./no.tte./ka.i.sha.ni./i.ki.ma.su.
坐計程車去公司。

▷ 宇宙船(うちゅうせん)に乗(の)った事(こと)がありません。
u.chu.u.se.n.ni./no.tta.ko.to.ga./a.ri.ma.se.n.
沒有坐過太空船。

▷ ぶらんこに乗(の)る。
bu.ra.n.ko.ni./no.ru.
坐盪鞦韆。

▷ エレベーターに乗(の)るな。
e.re.be.e.ta.a.ni./no.ru.na.
不要坐電梯。

▷ 早(はや)く乗(の)れ！
ha.ya.ku.no.re.
快點坐上去！

• track 049

開ける

a.ke.ru.

打開

▷ ドアを開けます。

do.a.o./a.ke.ma.su.

開門。

▷ 窓を開けました。

ma.do.o./a.ke.ma.shi.ta.

已經打開窗戶。

▷ カーテンを開けないでください。

ka.a.te.n.o./a.ke.na.i.de./ku.da.sa.i.

請不要拉開窗簾。

▷ ふたを開けてください。

fu.ta.o./a.ke.te./ku.da.sa.i.

請打開蓋子。

▷ 缶詰を開ける。

ka.n.zu.me.o./a.ke.ru.

開罐頭。

▷ 引き出しを開ける

hi.ki.da.shi.o./a.ke.ru.

拉開抽屜。

▷ 人の手紙を開けてはいけません。

hi.to.no.te.ga.mi.o./a.ke.te.wa./i.ke.ma.se.n.

請不要隨便拆別人的信。

▷ 目を開けます。

me.o./a.ke.ma.su.

睜開眼。

●track 049

分(わ)かる

wa.ka.ru.

知道／明白

▷ 意味(いみ)が分(わ)かりますか。
i.mi.ga./wa.ka.ri.ma.su.ka.
懂意思嗎？

▷ 分(わ)かりませんでした。
wa.ka.ri.ma.se.n.de.shi.ta.
以前不懂。（現在知道了）

▷ 意味(いみ)が分(わ)かりません。
i.mi.ga./wa.ka.ri.ma.se.n.
不懂意思。

▷ どう答(こた)えればよいか分(わ)からない。
do.u./ko.ta.e.re.ba.yo.i.ka./wa.ka.ra.na.i.
不明白該怎麼回答。

▷ 小説(しょうせつ)がよく分(わ)かる人(ひと)です。
sho.u.se.tsu.ga./yo.ku.wa.ka.ru.hi.to.de.su.
很懂小説的人。

▷ 答(こた)えてください。
ko.ta.e.te./ku.da.sa.i.
請回答。

▷ 犯人(はんにん)が分(わ)かる。
ha.n.ni.n.ga./wa.ka.ru.
知道犯人是誰。

▷ 分(わ)からないことを言(い)う人(ひと)だ。
wa.ka.ra.na.i.ko.to.o./i.u.hi.to.da.
不懂還裝懂的人。

•track 050

見(み)る
mi.ru.
看見

▷ 目(め)で見(み)ます。
me.de.mi.ma.su.
用眼睛看。

▷ 見(み)ないでください。
mi.na.i.de./ku.da.sa.i.
請不要看。

▷ 昨日(きのう)映画(えいが)を見(み)ました。
ki.no.u./e.i.ga.o./mi.ma.shi.ta.
昨天去看了電影。

▷ これを見(み)ませんか。
ko.re.o./mi.ma.se.n.ka.
要不要看這個？

▷ これを見(み)てください。
ko.re.o./mi.te.ku.da.sa.i.
請看這個。

▷ テレビを見(み)ています。
te.re.bi.o./mi.te.i.ma.su.
正在看電視。

▷ 見(み)てみぬふりをします。
mi.te.mi.nu.fu.ri.o./shi.ma.su.
裝作沒看見。

▷ 見(み)れば見(み)るほど面白(おもしろ)い。
mi.re.ba.mi.ru.ho.do./o.mo.shi.ro.i.
愈看愈有趣。

•track 050

寝る
ne.ru.
睡覺

▷ 今日は早く寝ます。
kyo.u.wa./ha.ya.ku.ne.ma.su.
今天早點睡。

▷ 彼が寝ています。
ka.re.ga./ne.te.i.ma.su.
他正在睡覺。

▷ 早く寝て早く起きる。
ha.ya.ku.ne.te./ha.ya.ku.o.ki.ru.
早睡早起。

▷ よく寝られません。
yo.ku.ne.ra.re.ma.se.n.
沒有睡好。

▷ 寝る前に本を読みます。
ne.ru.ma.e.ni./ho.n.o./yo.mi.ma.su.
睡覺之前看書。

▷ 先に寝る。
sa.ki.ni.ne.ru.
先睡了。

▷ 寝るのが遅くなる。
ne.ru.no.ga./o.so.ku.na.ru.
變得晚睡。

▷ 昨日何時に寝ましたか。
ki.no.u./na.n.ji.ni./ne.ma.shi.ta.ka.
昨天幾點睡呢？

•track 051

勝つ

か

ka.tsu.

贏

▷ 絶対勝ちます。
(ぜったいか)
ze.tta.i./ka.chi.ma.su.
一定要贏。

▷ 試合に勝ちます。
(しあい、か)
shi.a.i.ni./ka.chi.ma.su.
要贏得比賽。

▷ 6対3で勝った。
(たい、か)
ro.ku.ta.i.sa.n.de./ka.tta.
以六比三打敗對方。

▷ 勝たなければなりません。
(か)
ka.ta.na.ke.re.ba./na.ri.ma.se.n.
非贏不可。

▷ あの人に勝てません。
(ひと、か)
a.no.hi.to.ni./ka.te.ma.se.n.
贏不了那個人。

▷ 私の勝ち。
(わたし、か)
wa.ta.shi.no.ka.chi.
我贏了。

▷ 敵に勝った事がありません。
(てき、か、こと)
te.ki.ni.ka.tta.ko.to.ga./a.ri.ma.se.n.
沒有贏過對方。

▷ 欲望に勝つ。
(よくぼう、か)
yo.ku.bo.u.ni.ka.tsu.
戰勝欲望。

●track 051

教える(おしえる)
o.shi.e.ru.
教導／告訴

▷ 英語(えいご)を教(おし)えます。
e.i.go.o./o.shi.e.ma.su.
教英文。

▷ 塾(じゅく)で日本語(にほんご)を教(おし)えています。
ju.ku.de./ni.ho.n.go.o./o.shi.e.te.i.ma.su.
在補習班教日文。

▷ 教(おし)えることは学(まな)ぶことだ。
o.shi.e.ru.ko.to.wa./ma.na.bu.ko.to.da.
教學相長。

▷ 息子(むすこ)に泳(およ)ぎを教(おし)える。
mu.su.ko.ni./o.yo.gi.o./o.shi.e.ru.
教兒子游泳。

▷ 中国語(ちゅうごくご)を教(おし)えた事(こと)があります。
chu.u.go.ku.go.o./o.shi.e.ta.ko.to.ga./a.ri.ma.su.
教過中文。

▷ あなたに教(おし)えない。
a.na.ta.ni./o.shi.e.na.i.
不告訴你。

▷ 教(おし)えてください。
o.shi.e.te.ku.da.sa.i.
請告訴我。／請教我。

▷ 身(み)をもって教(おし)える。
mi.o.mo.tte./o.shi.e.ru.
以身作則。

• track 052

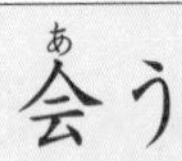

a.u.
見面

▷ 友人と公園で偶然に会いました。
yu.u.ji.n.to./ko.u.e.n.de./gu.u.ze.n.ni./a.i.ma.shi.ta.
偶然間在公園遇見朋友。

▷ 会うは別れのはじめ。
a.u.wa./wa.ka.re.no.ha.ji.me.
相會是離別的開始。

▷ また会いましょう。
ma.ta.a.i.ma.sho.u.
後會有期。

▷ どこで会いましょうか。
do.ko.de./a.i.ma.sho.u.ka.
要在哪裡碰面呢？

▷ 誰にも会わない。
da.re.ni.mo.a.wa.na.i.
誰都不見。

▷ 後でお会いしましょう。
a.to.de./o.a.i.shi.ma.sho.u.
待會見。

▷ 今会いたい。
i.ma.a.i.ta.i.
現在想見你。

▷ 昨日道で先生に会った。
ki.no.u.mi.chi.de./se.n.se.i.ni.a.tta.
昨天在路上遇見老師。

●track 052

遊ぶ

a.so.bu.

遊玩

▷ 公園で遊びます。

ko.u.e.n.de./a.so.bi.ma.su.

在公園玩。

▷ 昨日友達と一緒に遊びました。

ki.no.u./to.mo.da.chi.to./i.ssho.ni.a.so.bi.ma.shi.ta.

昨天和朋友一起玩。

▷ 日本へ遊びに行きます。

ni.ho.n.e./a.so.bi.ni.i.ki.ma.su.

去日本玩。

▷ 一緒に遊ぼう。

i.ssho.ni.a.so.bo.u.

一起來玩吧！

▷ 遊んではいけません。

a.so.n.de.wa./i.ke.ma.se.n.

不可以玩。

▷ 仲良く遊びなさい。

na.ka.yo.ku./a.so.bi.na.sa.i.

相親相愛一起玩。

▷ よく働きよく遊べ。

yo.ku.ha.ta.ra.ki./yo.ku.a.so.be.

努力工作盡情遊玩。

▷ ずっと遊んでいます。

zu.tto.a.so.n.de.i.ma.su.

一直在玩。

終(お)わる

o.wa.ru.

結束

▷ 授業(じゅぎょう)が終(お)わる。
ju.u.gyo.u.ga./o.wa.ru.
課程結束。

▷ 仕事(しごと)が終(お)わります。
shi.go.to.ga./o.wa.ri.ma.su.
工作結束。

▷ 一日(いちにち)が終わった。
i.chi.ni.chi.ga./o.wa.tta.
一天結束了。

▷ 仕事(しごと)は一時(いちじ)に終(お)わった。
shi.go.to.wa./i.chi.ji.ni./o.wa.tta.
工作在一點時結束了。

▷ 夏(なつ)が終(お)わりました。
na.tsu.ga./o.wa.ri.ma.shi.ta.
夏天結束了。

▷ 梅雨(つゆ)がなかなか終(お)わらない。
tsu.yu.ga./na.ka.na.ka.o.wa.ra.na.i.
梅雨似乎沒有停止的跡象。

▷ 一度(いちど)読(よ)み始(はじ)めるとなかなか終(お)われない。
i.chi.do.yo.mi.ha.ji.me.ru.to./na.ka.na.ka.o.wa.re.na.i.
一旦開始讀了就無法停止。

▷ もう食(た)べ終(お)わった。
mo.u.ta.be.o.wa.tta.
已經吃完了。

• track 053

はたら
働く
ha.ta.ra.ku.
工作

▷ 朝から晩まで働きます。
a.sa.ka.ra./ba.n.ma.de./ha.ta.ra.ki.ma.su.
從早工作到晚。

▷ ちゃんと働いています。
cha.n.to./ha.ta.ra.i.te.i.ma.su.
很認真在工作。

▷ もう働けません。
mo.u.ha.ta.ra.ke.ma.se.n.
已經無法工作了。

▷ 八百屋で働いている。
ya.o.ya.de./ha.ta.ra.i.te./i.ma.su.
在蔬菜店工作。

▷ よく働く。
yo.ku.ha.ta.ra.ku.
勤奮工作。

▷ 働きすぎて体を壊した。
ha.ta.ra.su.gi.te./ka.ra.da.o./ko.wa.shi.ta.
工作過度把身體搞壞了。

▷ ぜんぜん働きません。
ze.n.ze.n./ha.ta.ra.ki.ma.se.n.
完全不工作。

▷ 早く働け。
ha.ya.ku./ha.ta.re.ke.
快點去工作。

• track 054

休む（やす）
ya.su.mu.
休息

▷ 会社（かいしゃ）を休（やす）みます。
ka.i.sha.o./ya.su.mi.ma.su.
向公司請假。

▷ 座（すわ）って休（やす）みます。
su.wa.tte./ya.su.mi.ma.su.
坐下來休息。

▷ 休（やす）ませていただけませんか。
ya.su.ma.se.te./i.ta.da.ke.ma.se.n.ka.
可以讓我休息嗎？

▷ 先生（せんせい）はもうお休（やす）みになりました。
se.n.se.ni.wa./mo.u./o.ya.su.mi.ni.na.ri.ma.shi.ta.
老師已經休息了。

▷ おやすみなさい。
o.ya.su.mi.na.sa.i.
晚安。

▷ 風邪（かぜ）で学校（がっこう）を休（やす）みました。
ka.ze.de./ga.kko.u.o./ya.su.mi.ma.shi.ta.
因為感冒所以沒去上學。

▷ 休（やす）む暇（ひま）がない。
ya.su.mu.hi.ma.ga.na.i.
沒時間休息。

▷ 疲（つか）れて休（やす）みたいです。
tsu.ka.re.te.ya.su.mi.ta.i.de.su.
太累了想休息。

• track 054

飲む
no.mu.
喝

▷ コーヒーを飲みます。
ko.o.hi.i.o./no.mi.ma.su.
喝咖啡。

▷ 水を飲みました。
mi.zu.o./no.mi.ma.shi.ta.
喝過水了。

▷ 薬を飲む。
ku.su.ri.o.no.mu.
吃藥。

▷ お酒が飲めません。
o.sa.ke.ga./no.me.ma.se.n.
不喝酒。

▷ 飲んでください。
no.n.de.ku.da.sa.i.
請喝。

▷ スープを飲む。
su.u.pu.o./no.mu.
喝湯。

▷ 飲みに行きましょうか。
no.mi.ni./i.ki.ma.sho.u.ka.
要不要去喝一杯？

▷ 一杯飲もうよ。
i.ppa.i.no.mo.u.yo.
喝一杯吧！

• track 055

疲(つか)れる

tsu.ka.re.ru.

累

▷ 体(からだ)が疲(つか)れる。

ka.ra.da.ga./tsu.ka.re.ru.

身體很累。

▷ 足(あし)が疲(つか)れました。

a.shi.ga./tsu.ka.re.ma.shi.ta.

腳很痠了。

▷ 疲(つか)れやすくなりました。

tsu.ka.re.ya.su.ku./na.ri.ma.shi.ta.

變得很容易累。

▷ 疲(つか)れることを知(し)らない人(ひと)。

tsu.ka.re.ru.ko.to.o./shi.ra.na.i.hi.to.

從來不喊累的人。

▷ へとへとに疲(つか)れます。

he.to.he.to.ni./tsu.ka.re.ma.su.

非常的累。

▷ いくら働(はたら)いても疲(つか)れません。

i.ku.ra.ha.ta.ra.i.te.mo./tsu.ka.re.ma.se.n.

怎麼工作都不覺得累。

▷ 疲(つか)れて話(はな)したくない。

tsu.ka.re.te./ha.na.shi.ta.ku.na.i.

累得不想說話。

▷ 目(め)が疲(つか)れています。

me.ga./tsu.ka.re.te.i.ma.su.

眼睛很痠。

• track 055

出る
de.ru.
出去

▷ 外へ出ます。
so.to.e./de.ma.su.
到外面。

▷ 出てはいけない。
de.te.wa./i.ke.na.i.
不可以出去。

▷ 旅行に出ます。
ryo.ko.u.ni./de.ma.su.
外出旅行。

▷ 三時に家を出ました。
sa.n.ji.ni./i.e.o./de.ma.shi.ta.
三點從家裡出去。

▷ やる気が出ます。
ya.ru.ki.ga./de.ma.su.
拿出幹勁。

▷ 寒くて外に出たくない。
sa.mu.ku.te./so.to.ni.de.ta.ku.na.i.
太冷了不想去外面。

▷ いつ部屋を出ますか。
i.tsu.he.ya.o./de.ma.su.ka.
什麼時候會從房間出來呢？

▷ 出て行け！
de.te.i.ke.
滾出去！

●track 056

いる

i.ru.

在

▷ 今(いま)どこにいますか。

i.ma.do.ko.ni./i.ma.su.ka.

現在在哪裡呢？

▷ まだ会社(かいしゃ)にいます。

ma.da.ka.i.sha.ni./i.ma.su.

還在公司裡。

▷ 昨日(きのう)までずっとここにいました。

ki.no.u.ma.de./zu.tto.ko.ko.ni./i.ma.shi.ta.

昨天為止都在這裡。

▷ 先生(せんせい)はいますか。

se.n.se.i.wa./i.ma.su.ka.

老師在嗎？

▷ 教室(きょうしつ)に誰(だれ)もいません。

kyo.u.shi.tsu.ni./da.re.mo.i.ma.se.n.

教室裡沒有人。

▷ ずっと東京(とうきょう)にいます。

zu.tto./to.u.kyo.u.ni./i.ma.su.

一直待在東京。

▷ 日本(にほん)に三年(さんねん)いた。

ni.ho.n.ni./sa.n.ne.n.i.ta.

曾經在日本住三年。

▷ 学生(がくせい)たちは教室(きょうしつ)にいます。

ga.ku.se.i.ta.chi.wa./kyo.u.shi.tsu.ni./i.ma.su.

學生們在教室裡。

• track 056

伝える

tsu.ta.e.ru.

轉達

▷ **命令を伝えます。**
me.i.re.i.o./tsu.ta.e.ma.su.
傳達命令。

▷ **うれしい知らせが伝えられました。**
u.re.shi.i.shi.ra.se.ga./tsu.ta.e.ra.re.ma.shi.ta.
傳來令人高興的消息。

▷ **伝言を伝えてください。**
de.n.go.n.o./tsu.ta.e.te./ku.da.sa.i.
請轉達我的留言。

▷ **事実を伝えなければならない。**
ji.ji.tsu.o./tsu.ta.e.na.ke.re.ba./na.ra.na.i.
必須傳達事實。

▷ **技を伝えます。**
wa.za.o./tsu.ta.e.ma.su.
傳授技術。

▷ **家族によろしくお伝えください。**
ka.zo.ku.ni./yo.ro.shi.ku./o.tsu.ta.e./ku.da.sa.i.
向你的家人表達我的問候之意。

▷ **文化が日本に伝えられた。**
bu.n.ka.ga./ni.ho.n.ni./tsu.ta.e.ra.re.ta.
文化傳到了日本。

▷ **伝統を伝えます。**
de.n.to.u.o./tsu.ta.e.ma.su.
傳承傳統。

• track 057

します

shi.ma.su.

做

▷ 運転（うんてん）します。
u.n.te.n.shi.ma.su.
開車。

▷ 掃除（そうじ）しました。
so.u.ji./shi.ma.shi.ta.
打掃。

▷ 洗濯（せんたく）しています。
se.n.ta.ku.shi.te./i.ma.su.
正在洗衣服。

▷ 仕事（しごと）をしてください。
shi.go.to.o./shi.te.ku.da.sa.i.
請好好工作。

▷ ダイエットをする。
da.i.e.tto./o.su.ru.
減肥。

▷ することがない。
su.ru.ko.to.ga.na.i.
沒做過。

▷ しなければならない。
shi.na.ke.re.ba./na.ra.na.i.
不得不做。

▷ どうしよう。
do.u.shi.yo.u.
怎麼辦？

•track 057

払う

ha.ra.u.

付錢

▷ 私が払います。

wa.ta.shi.ga./ha.ra.i.ma.su.

我來付。

▷ もう払いました。

mo.u./ha.ra.i.ma.shi.ta.

已經付了。

▷ お金を払います。

o.ka.ne.o./ha.ra.i.ma.su.

付錢。

▷ 現金で払います。

ge.n.ki.n.de./ha.ra.i.ma.su.

付現。

▷ カードで払ってもいいですか。

ka.a.do.de./ha.ra.tte.mo./i.i.de.su.ka.

可以用信用卡付款嗎？

▷ 代金を払う。

da.i.ki.n.o./ha.ra.u.

付款項。

▷ 別々に払いましょう。

be.tsu.be.tsu.ni./ha.ra.i.ma.sho.u.

分開付吧。

▷ 払わなければなりません。

ha.ra.wa.na.ke.re.ba./na.ri.ma.se.n.

不可不付。

• track 057

かける

ka.ke.ru.

掛

▷ 名札（なふだ）をかけます。
na.fu.da.o./ka.ke.ma.su.
掛上名牌。

▷ 壁（かべ）に絵（え）をかけます。
ka.be.ni./e.o./ka.ke.ma.su.
把畫掛在牆上。

▷ カーテンをかけます。
ka.a.te.n.o./ka.ke.ma.su.
掛上窗簾。

▷ 肩（かた）にかばんをかける。
ka.ta.ni./ka.ba.n.o./ka.ke.ru.
把包包揹在肩上。

▷ めがねをかけてください。
me.ga.ne.o./ka.ke.te./ku.da.sa.i.
請戴上眼鏡。

▷ 洗濯物（せんたくもの）がかけられます。
se.n.ta.ku.mo.no.ga./ka.ke.ra.re.ma.su.
洗好的衣服被晒起來。

▷ 布団（ふとん）をかけます。
fu.to.n.o./ka.ke.ma.su.
蓋上棉被。

▷ 服（ふく）をハンガーにかける。
fu.ku.o./ha.n.ga.a.ni./ka.ke.ru.
把衣服掛在衣架上。

●track 057

泳ぐ

o.yo.gu.

游泳

▷ 川で泳ぎます。

ka.wa.de./o.yo.gi.ma.su.

在河裡游泳。

▷ 昨日海で泳ぎました。

ki.no.u./u.mi.de./o.yo.gi.ma.shi.ta.

昨天去海邊游泳。

▷ 私は泳げません。

wa.ta.shi.wa./o.yo.ge.ma.se.n.

我不會游泳。

▷ 百メートル泳いだ。

hya.ku.me.e.to.ru./o.yo.i.da.

游了一百公尺。

▷ 泳いで渡る。

o.yo.i.de./wa.ta.ru.

游泳橫渡。

▷ 海で泳いだ事がありません。

u.mi.de./o.yo.i.da.ko.to.ga./a.ri.ma.se.n.

沒有在海裡游泳過。

▷ 早く泳げ。

ha.ya.ku.o.yo.ge.

快點游。

▷ ここで泳ぐな。

ko.ko.de./o.yo.gu.na.

不可以在這裡游泳。

•track 058

登る（のぼる）

no.bo.ru.

登／爬

▷ 山（やま）に登（のぼ）ります。
ya.ma.ni./no.bo.ri.ma.su.
登山。

▷ 木（き）に登（のぼ）らないでください。
ki.ni./no.bo.ra.na.i.de./ku.da.sa.i.
不可以爬樹。

▷ 屋根（やね）に登（のぼ）ります。
ya.ne.ni./no.bo.ri.ma.su.
爬上屋頂。

▷ 階段（かいだん）を登（のぼ）ります。
ka.i.da.n.o./no.bo.ri.ma.su.
爬上樓梯。

▷ 高（たか）く登（のぼ）れば登（のぼ）るほど寒（さむ）くなる。
ta.ka.ku.no.bo.re.ba./no.bo.ru.ho.do./sa.mu.ku.na.ru.
爬得愈高愈冷。

▷ ケーブルカーで登（のぼ）りました。
ke.e.bu.ru.ka.a.de./no.bo.ri.ma.shi.ta.
坐覽車登上山。

▷ 坂（さか）を登（のぼ）れません。
sa.ka.o./no.bo.re.ma.se.n.
無法爬上斜坡。

▷ 魚（さかな）が川（かわ）を登（のぼ）る。
sa.ka.na.ga./ka.wa.o./no.bo.ru.
魚逆流而上。

• track 058

触(さわ)る

sa.wa.ru.

碰／摸

▷ 手(て)で触(さわ)ります。

te.de./sa.wa.ri.ma.su.

用手摸。

▷ 触(さわ)らないでください。

sa.wa.ra.na.i.de./ku.da.sa.i.

請不要碰觸。

▷ 触(さわ)ってみます。

sa.wa.tte.mi.ma.su.

摸摸看。

▷ うっかり触(さわ)ってまだ痛(いた)い。

u.kka.ri./sa.wa.tte./ma.da./i.ta.i.

不小心碰到還是會痛。

▷ こっそり触(さわ)りました。

ko.sso.ri./sa.wa.ri.ma.shi.ta.

偷偷摸一下。

▷ この問題(もんだい)に触(さわ)らないほうがいい。

ko.no.mo.n.da.i.ni./sa.wa.ra.na.i.ho.u.ga./i.i.

最好不要碰這個問題。

▷ 触(さわ)った事(こと)がありません。

sa.wa.tta.ko.to.ga./a.ri.ma.se.n.

沒有摸過。

▷ そっと触(さわ)ります。

so.tto./sa.wa.ri.ma.su.

輕輕摸。

•track 058

つか 使う

tsu.ka.u.

使用

▷ あたま つか
頭を使います。
a.ta.ma.o./tsu.ka.i.ma.su.
用頭腦。

▷ つか しょうひん はんばい
ネットを使って商品を販売する。
ne.tto.o./tsu.ka.tte./sho.u.hi.n.o./ha.n.ba.i.su.ru.
用網路販賣商品。

▷ す つか
好きに使ってください。
su.ki.ni./tsu.ka.tte./ku.da.sa.i.
請盡量用。

▷ きかい つか
この機械を使わないでください。
ko.no.ki.ka.i.o./tsu.ka.wa.na.i.de./ku.da.sa.i.
請不要用這個機器。

▷ かね つか
お金を使います。
o.ka.ne.o./tsu.ka.i.ma.su.
用錢。

▷ かね つか かた
お金の使い方がうまい。
o.ka.ne.no.tsu.ka.i.ka.ta.ga./u.ma.i.
很會用錢。

▷ にほんご つか こと
日本語を使った事があります。
ni.ho.n.go.o./tsu.ka.tta.ko.to.ga./a.ri.ma.su.
有用過日文。

▷ けいご つか
敬語を使います。
ke.i.go.o./tsu.ka.i.ma.su.
使用敬語。

擬聲語擬態語

●track 059

走路的樣子

すたすた
su.ta.su.ta.
急步向前走

例 今はすたすた歩いている。
i.ma.wa./su.ta.su.ta./a.ru.i.te.i.ru.
現在正快步向前走。

とぼとぼ
to.bo.to.bo.
無精打采的走路

例 一人さびしくとぼとぼ帰っていきました。
hi.to.ri.sa.bi.shi.ku./to.bo.to.bo./ka.e.tte./i.ki.ma.shi.ta.
一個人寂寞並無精打采的回家。

ぶらぶら
bu.ra.bu.ra.
閒逛

例 公園をぶらぶら歩いて散歩した。
ko.u.e.n.o./bu.ra.bu.ra./a.ru.i.te./sa.n.po.shi.ta.
在公園閒逛、散步。

どかどか
do.ka.do.ka.
大量人或物出現吵雜的樣子

• track 059

例 大勢の人がどかどか押しかけてきた。

o.o.ze.i.no.hi.to.ga./do.ko.do.ka./o.shi.ka.ke.te.ki.ta.

大批的人潮蜂擁而至。

ちょこちょこ

cho.ko.cho.ko.

小步匆忙或來回走動的樣子

例 知らない子猫がちょこちょこ私のほうに走りよってきた。

shi.ra.na.i.ko.ne.ko.ga./cho.ko.cho.ko./wa.ta.shi.no.ho.u.ni./ha.shi.ri.yo.tte.ki.ta.

陌生的小貓快步跑到我的身邊。

うろうろ

u.ro.u.ro.

心神不定、沒有目的地轉來轉去

例 変な人が家の前をうろうろしていた。

he.n.na.hi.to.ga./i.e.no.ma.e.o./u.ro.u.ro.shi.te.i.ta.

有個奇怪的人在家門前晃來晃去。

ふらりと

fu.ra.ri.to.

突然想到要去哪裡而前往

例 急に思いついてふらりと東京を訪ねてみた。

kyu.u.ni./o.mo.i.tsu.i.te./fu.ra.ri.to./to.u.kyo.u.o./ta.zu.ne.te.mi.ta

突然想去東京看看。

track 060

坐下的樣子

でんと
de.n.to.
龐大而重的人坐著

例 大柄(おおがら)な人(ひと)がでんと座(すわ)っています。
o.o.ga.ra.na.hi.to.ga./de.n.to./su.wa.tte.i.ma.su.
有個身材高大的人穩坐著。

へたへたと
he.ta.he.ta.to.
精疲力竭的癱坐

例 激(はげ)しい試合(しあい)の後(あと)、選手(せんしゅ)たちはへたへたと崩(くず)れるように座(すわ)り込(こ)みます。
ha.ge.shi.i.shi.a.i.no.a.to./se.n.shu.ta.chi.wa./he.ta.he.ta.to./ku.zu.re.ru.yo.u.ni./su.wa.ri.ko.mi.ma.su.
激烈的比賽過後，選手們精疲力竭的癱坐著。

ぺたんと
pe.ta.n.to.
一屁股坐下／累得站不起來

例 床(ゆか)にぺたんとお尻(しり)をつけて座(すわ)った。
yu.ka.ni./pe.ta.n.to./o.shi.ri.o./tsu.ke.te./su.wa.tta.
一屁股坐在地板上。

●track 060

ちょこんと

cho.ko.n.to.

孤零零的、輕輕的坐著

例 このぬいぐるみは小(ちい)さくて、ちょこんと手(て)のひらに乗(の)るくらいの大(おお)きさだった。

ko.no.nu.i.gu.ru.mi.wa./chi.i.sa.ku.te./cho.ko.n.to./te.no.hi.ra.ni./no.ru.ku.ra.i.no./o.o.ki.sa.da.tta.

這個布偶很小，是可以剛好放在手掌心上的大小。

どっかり

do.kka.ri.

沉重又穩定的坐著

例 力士(りきし)がどっかり座(すわ)って、誰(だれ)が押(お)しても動(うご)かない。

ri.ki.shi.ga./do.kka.ri.su.wa.tte./da.re.ga.o.shi.te.mo./u.go.ka.na.i.

相撲力士穩坐著，任誰都推不動。

むっくと

mu.kku.to.

突然靜靜的起身或抬頭

例 座(すわ)っていた猫(ねこ)は静(しず)かにむっくと立(た)ち上(あ)がり、こちらをにらんだ。

su.wa.tte.i.ta.ne.ko.wa./shi.zu.ka.ni./mu.kku.to./ta.chi.a.ga.ri./ko.chi.ra.o./ni.ra.n.da.

原本坐著的貓突然靜靜的抬起頭來看著這裡。

track 061

緊張的樣子

おそるおそる

o.so.ru.o.so.ru.

雖然害怕還是要做某事

例 ダンボールの中で何かごそごそ音がするので、おそるおそるあけてみた。

da.n.bo.o.ru.no.na.ka.de./na.ni.ka./go.so.go.so.o.to.ga.su.ru.no.de./o.so.ru.o.so.ru.a.ke.te.mi.ta.

紙箱中發出了一些聲響，我害怕的打開來看。

ぎょっと

gyo.tto.

面對突如其來的事情的反應

例 突然肩を叩かれてぎょっとしました。

to.tsu.ze.n./ka.ta.o.ta.ta.ka.re.te./gyo.tto.shi.ma.shi.ta.

突然被拍肩膀讓我嚇了一跳。

びくびく

bi.ku.bi.ku.

擔心不祥的事情發生而緊張

例 びくびくしながら、親に成績表を見せた。

bi.ku.bi.ku.shi.na.ga.ra./o.ya.ni./se.i.se.ki.hyo.u.o./mi.se.ta.

一邊擔心著一邊給父母看成績單。

• track 061

はっと

ha.tto.

遇到突發狀況時緊張的反應

例 パトカーのサイレンにはっと目が覚めた。

pa.to.ka.a.no./sa.i.re.n.ni./ha.tto.me.ga.sa.me.ta.

警車的警鈴讓我突然醒來。

たじたじ

ta.ji.ta.ji.

因對方的話語或氣氛而感到不知所措

例 彼は空手が上手で、先輩たちもたじたじだ。

ka.re.wa./ka.ra.te.ga./jo.u.zu.de./se.n.pa.i.ta.chi.mo./ta.ji.ta.ji.da.

他很擅長空手道，連前輩都怕他三分。

おどおど

o.do.o.do.

因恐懼而心神不寧

例 先生の前では、いつもおどおどしてしまう。

se.n.se.i.no.ma.e.de.wa./i.tsu.mo./o.do.o.do.shi.te.shi.ma.u.

在老師的面前我一直都感到心神不寧。

おっかなびっくり

o.kka.na.bi.kku.ri.

提心吊膽

●track 062

例 高価な車を運転したのでおっかなびっくりだった。

ko.u.ka.na./ku.ru.ma.o./u.n.te.n.shi.ta.no.de./o.kka.na.bi.kku.ri.da.tta.

因為開著高級的車子而感到提心吊膽。

おたおた

o.ta.o.ta.

因突發狀況而驚慌失措

例 急にスピーチに頼まれ、おたおたしてしまった。

kyu.u.ni./su.pi.i.chi.ni./ta.no.ma.re./o.ta.o.ta.shi.te.shi.ma.tta.

突然被要求發表演說，而驚慌失措。

track 062

觸感

ぶつぶつ

bu.tsu.bu.tsu.

粗糙、凹凸不平的樣子

例 この物の表面には、小さな穴がぶつぶつ開いていた。

ko.no.mo.no.no./hyo.u.me.n.ni.wa./chi.i.sa.na.a.na.ga./bu.tsu.bu.tsu./a.i.te.i.ta.

這個物體的表面有凹凸不平的小洞。

くしゃくしゃ

ku.sha.ku.sha.

揉捏物品後皺皺的樣子

例 手紙をくしゃくしゃに丸めて捨てた。

te.ga.mi.o./ku.sha.ku.sha.ni./ma.ru.me.te./su.te.ta.

把信捏成一團丟掉。

ごつごつ

go.tsu.go.tsu.

像石頭一樣硬而粗

例 父の手は節くれだっていてごつごつしている。

chi.chi.no.te.wa./fu.shi.ku.re.da.tte.i.te./go.tsu.go.tsu.shi.te.i.ru.

爸爸的手一節一節的像石頭一樣粗糙。

● track 063

しわくちゃ

shi.wa.ku.cha.
有摺痕、皺皺的

例 服(ふく)がしわくちゃになってしまった。
fu.ku.ga./shi.wa.ku.cha.ni./na.tte.shi.ma.tta.
衣服變得皺皺的。

ざらざら

za.ra.za.ra.
粗粗有顆粒的

例 砂糖(さとう)を床(ゆか)にこぼしてしまったので、歩(ある)くとざらざらする。
sa.to.u.o./yu.ka.ni./ko.bo.shi.te.shi.ma.tta.no.de./a.ru.ku.to./za.ra.za.ra.su.ru.
因為糖灑到地板上了，所以走起來地板粗粗的。

つるつる

tsu.ru.tsu.ru.
極為光滑

例 この宝石(ほうせき)の表面(ひょうめん)がつるつるしています。
ko.no.ho.u.se.ki.no.hyo.u.me.n.ga./tsu.ru.tsu.ru.shi.te.i.ma.su.
這塊寶石的表面很光滑。

track 063

向上增加的樣子

ぼうぼう

bo.u.bo.u.

不加修整，長得又亂又蓬

例 ひげも髪もぼうぼうに伸びて、醜いですね。

hi.ge.mo.ka.mi.mo./bo.u.bo.u.ni.no.bi.te./mi.ni.ku.i.de.su.ne.

鬍鬚和頭髮生長雜亂，看起來很難看。

ぐんぐん

gu.n.gu.n.

發展順利／長度、距離、高度等迅速增加的樣子

例 この店の売り上げはぐんぐん伸びています。

ko.no.mi.se.no.u.ri.a.ge.wa./gu.n.gu.n.no.bi.te.i.ma.su.

這家店的營業額大幅的成長。

ひょろひょろ

hyo.ro.hyo.ro.

細長弱不禁風的樣子

例 いくら食べても太らなくて、身長ばかりがひょろひょろ伸びています。

i.ku.ra.ta.be.te.mo./fu.to.ra.na.ku.te./shi.n.cho.u.ba.ka.ri.ga./hyo.ro.hyo.ro.no.bi.te.i.ma.su.

不管怎麼吃也不會胖，只有身高不停的拉長。

• track 064

むくむく

mu.ku.mu.ku.

蠕動起來／向上隆起的樣子

例 虫は春になってむくむくとおきだしてきた。

mu.shi.wa./ha.ru.ni.na.tte./mu.ku.mu.ku.to./o.ki.da.shi.te.ki.ta.

蟲到了春天就蠢蠢欲動。

どんどん

do.n.do.n.

不停地向前發展

例 借金はどんどん増えてきた。

sha.kki.n.wa./do.n.do.n./fu.e.te.ki.ta.

債務不斷的增加。

ぶくぶく

bu.ku.bu.ku.

虛胖／臃腫

例 冬の間にぶくぶく太ってしまった。

fu.yu.no.a.i.da.ni./bu.ku.bu.ku./fu.to.tte.shi.ma.tta.

在冬天變得很胖。

めきめき

me.ki.me.ki.

進步、恢復的狀況明顯

例 病気はめきめき回復している。

byo.u.ki.wa./me.ki.me.ki./ka.i.fu.ku.shi.te.i.ru.

病況有長足的恢復。

• track 064

物體散落的樣子

ばらばら

ba.ra.ba.ra.

顆粒狀物體散落的樣子

例 ポケットに穴が開いていて、飴をばらばら落としてしまった。

po.ke.tto.ni./a.na.ga.a.i.te.i.te./a.me.o./ba.ra.ba.ra.o.to.shi.te./shi.ma.tta.

口袋破了個洞，糖果紛紛掉出來。

はらはら

ha.ra.ha.ra.

花瓣、樹葉、雪花等落下的樣子

例 木の葉ははらはらと散っていく。

ki.no.ha.wa./ha.ra.ha.ra.to./chi.tte.i.ku.

樹葉輕輕的散落。

ぽたぽた

po.ta.po.ta.

水滴連續落下的樣子

例 天井から雨水がぽたぽた漏ってきた。

te.n.jo.u.ka.ra./a.ma.mi.zu.ga./po.ta.po.ta.mo.tte.ki.ta.

雨水從天花板滴下來。

ぽたり

po.ta.ri.

水滴等較小物體落下的樣子

●track 065

例 木からさくらんぼが一つぽたりと落ちた。
ki.ka.ra./sa.ku.ra.n.bo.ga./hi.to.tsu.po.ta.ri.to./o.chi.ta.
從樹上掉下一顆櫻桃。

ぱらぱら
pa.ra.pa.ra.
微小的顆粒狀物體落下的樣子

例 肉にぱらぱらと塩を振ります。
ni.ku.ni./pa.ra.pa.ra.to./shi.o.o./fu.ri.ma.su.
在肉上面灑上鹽。

ひらひら
hi.ra.hi.ra.
薄而小的物體在空中飄或飄落的樣子

例 雪がひらひらと舞い落ちた。
yu.ki.ga./hi.ra.hi.ra.to./ma.i.o.chi.ta.
雪花輕輕的飄落。

ぽろぽろ
po.ro.po.ro.
細屑、顆粒不斷掉落的樣子

例 子供はクッキーのかけらを服にぽろぽろ落としながら、おいしそうに食べている。
ko.do.mo.wa./ku.kki.i.no.ka.ke.ra.o./fu.ku.ni./po.ro.po.ro.o.to.shi.na.ga.ra./o.i.shi.so.u.ni./ta.be.te.i.ru.
小朋友津津有味的吃著餅乾，餅乾屑不停的掉在身上。

track 065

空間密度

がらんと

ga.ra.n.to.

建築物或是房間中沒有任何人或物

例 教室(きょうしつ)の中(なか)はがらんとしていて、誰(だれ)もいなかった。

kyo.u.shi.tsu.no.na.ka.wa./ga.ra.n.to.shi.te.i.te./da.re.mo.i.na.ka.tta.

教室中空無一人。

空(から)っぽ

ka.ra.ppo.

什麼都沒有

例 箱(はこ)の中(なか)は空(から)っぽだった。

ha.ko.no.na.ka.wa./ka.ra.ppo.da.tta.

箱子裡空無一物。

がらがら

ga.ra.ga.ra.

應該有很多人的地方卻沒有什麼人

例 あの店(みせ)はまずいので、いつもがらがらだ。

a.no.mi.se.wa./ma.zu.i.no.de./i.tsu.mo./ga.ra.ga.ra.da.

這家店很難吃，所以一直都沒有什麼人。

すかすか

su.ka.su.ka.

很稀疏

•track 066

例 このスイカはすき間だらけですかすかだった。
ko.no.su.i.ka.wa./su.ki.ma.da.ra.ke.de./su.ka.su.ka.da.tta.
這顆西瓜裡面都是裂痕空隙。

ちらほら
chi.ra.ho.ra.
三三兩兩

例 キャンパスに人影がちらほら見えた。
kya.n.pa.su.ni./hi.to.ka.ge.ga./chi.ra.ho.ra.mi.e.ta.
校園中有三三兩兩的人影。

ぎっしり
gi.sshi.ri.
塞得滿滿的

例 弁当の中にはご飯がぎっしり詰まっていた。
be.n.to.u.no.na.ka.ni./go.ha.n.ga./ki.sshi.ri./tsu.ma.tte.i.ta.
便當中塞滿了飯。

びっしり
bi.sshi.ri.
密密麻麻的／滿滿的

例 週末までびっしり予定が詰まっている。
shu.u.ma.tsu.ma.de./bi.sshi.ri./yo.te.i.ga./tsu.ma.tte.i.ru.
到週末為止的預定排得滿滿的。

•track 066

吃東西的樣子

がつがつ
ga.tsu.ga.tsu.
狼吞虎嚥

例 おなかがすいて、料理をがつがつ食べた。
o.na.ka.ga.su.i.te./ryo.u.ri.o./ga.tsu.ga.tsu.ta.be.ta.
因為肚子很餓，所以狼吞虎嚥。

がぶりと
ga.bu.ri.to.
一口咬住／大吃一口

例 犬は私の腕にがぶりと噛み付いた。
i.nu.wa./wa.ta.shi.no.u.de.ni./ga.bu.ri.to./ka.mi.tsu.i.ta.
狗一口咬住我的手腕。

もぐもぐ
mo.gu.mo.gu.
閉著嘴嚼

例 もぐもぐ食べている。
mo.gu.mo.gu.ta.be.te.i.ru.
閉著嘴咀嚼食物。

ぱくぱく
pa.ku.pa.ku.
大口吃東西／嘴巴一張一合

● track 067

例 好(す)きな肉(にく)をぱくぱく食(た)べている。
su.ki.na.ni.ku.o./pa.ku.pa.ku.ta.be.te.i.ru.
大口大口的吃著喜歡的肉。

がぶがぶ
ga.bu.ga.bu.
大口大口喝

例 ビールが大好(だいす)きで、何杯(なんばい)もがぶがぶ飲(の)んでいる。
bi.i.ru.ga./da.i.su.ki.de./na.n.ba.i.mo./ga.bu.ga.bu.no.n.de.i.ru.
很喜歡喝啤酒，大口大口喝了好幾杯。

チューチュー
chu.u.chu.u.
不停吸吮吸管或奶瓶

例 赤(あか)ちゃんはミルクをチューチュー飲(の)んでいる。
a.ka.cha.n.wa./mi.ru.ku.o./chu.u.chu.u./no.n.de.i.ru.
小嬰兒不停的吸著牛奶。

ごくりと
go.ku.ri.to.
一口吞下

例 嫌(きら)いな物(もの)をごくりと飲(の)み込(こ)んだ。
ki.ra.i.na.mo.no.o./go.ku.ri.to./no.mi.ko.n.da.
大口硬吞下不喜歡吃的食物。

• track 067

撞擊的樣子

ぺしゃんこ

pe.sha.n.ko.

被強大的外力壓扁

例 大きい地震でビルがぺしゃんこになった。

o.o.ki.i.ji.shi.n.de./bi.ru.ga./pe.sha.n.ko.ni.na.tta.

大樓因為大地震的關係而成為一片平地。

ぺこんと

pe.ko.n.to.

由硬薄材料製成的物體被擠壓後凹陷

例 空き缶を壁の角にぶつけたら、ぺこんとへこんでしまった。

a.ki.ka.n.o./ka.be.no.ka.do.ni./bu.tsu.ke.ta.ra./pe.ko.n.to./he.ko.n.de.shi.ma.tta.

將空罐子拿去撞牆壁的轉角處，便凹了一個洞。

ぐしゃぐしゃ

gu.sha.gu.sha.

被擠壓、擲落而變形的樣子

例 箱がぐしゃぐしゃに壊れる。

ha.ko.ga./gu.sha.gu.sha.ni./ko.wa.re.ru.

箱子被壓扁變形。

びりびり

bi.ri.bi.ri.

將紙、布一下子撕破

•track 068

例 別(わか)れの手紙(てがみ)をびりびりに破(やぶ)いた。
wa.ka.re.no.te.ga.mi.wo./bi.ri.bi.ri.ni./ya.bu.i.ta.
把分手信用力撕破。

もみくちゃ
mo.mi.ku.cha.
受強大外力推擠而變形

例 ファンにもみくちゃにされた。
fa.n.ni./mo.mi.ku.cha.ni.sa.re.ta.
被大批歌迷包圍推擠。

ぐにゃぐにゃ
gu.nya.gu.nya.
物體受外力變形

例 トラックがぶつかり、ガードレールはぐにゃぐにゃに曲(ま)がってしまった。
to.ra.kku.ga./bu.tsu.ka.ri./ga.a.do.re.e.ru.wa./gu.nya.gu.nya.ni./ma.ga.tte.shi.ma.tta.
因為貨車的撞擊，護欄扭曲變形。

へなへな
he.na.he.na.
突然喪失體力而無法站立／物體輕易變曲、變形

例 急(きゅう)にへなへなになる。
kyu.u.ni./he.na.he.na.ni.na.ru.
突然軟了下來。

• track 068

目視的樣子

じろりと

ji.ro.ri.to.

引起對方不快的仔細看一眼

例 母は娘の服を一度上から下までじろりと見た。

ha.ha.wa./mu.su.me.no.fu.ku.o./i.chi.do./u.e.ka.ra.shi.ta.ma.de./ji.ro.ri.to.mi.ta.

媽媽從上到下打量女兒的服裝。

じろじろ

ji.ro.ji.ro.

多次盯著對方看，引起對方反感

例 変な格好をしていたら人にじろじろ見られた。

he.n.na.ka.kko.u.o./shi.te.i.ta.ra./hi.to.ni./ji.ro.ji.ro.mi.ra.re.ta.

做了奇怪的打扮，引起別人的側目。

ちらりと

chi.ra.ri.to.

只一次／稍微看到

例 彼はちらりとこちらを見た。

ka.re.wa./chi.ra.ri.to./ko.chi.ra.o./mi.ta.

他往這兒稍微瞄了一眼。

ざっと

za.tto.

大致瀏覽

例 本にざっと目を通した。
ho.ni./za.tto./me.o.to.o.shi.ta.
大致看了一下這本書。

ちらちら

chi.ra.chi.ra.
看一下／時隱時現

例 ちらちら外を見ている。
chi.ra.chi.ra./so.to.o./mi.te.i.ru.
瞄著外面。

きょろきょろ

kyo.ro.kyo.ro.
東張西望／四下張望

例 何をきょろきょろしているの。
na.ni.o./kyo.ro.kyo.ro.shi.te.i.ru.no.
你在東張西望什麼？

じっと

ji.tto.
凝視

例 この花瓶をじっと見つめた。
ko.no.ka.bi.n.o./ji.tto.mi.tsu.me.ta.
凝視著這個花瓶。

まじまじと

ma.ji.ma.ji.to.
目不轉睛的看，以做出判斷

例 まじまじと絵に見入る。
ma.ji.ma.ji.to./e.ni.mi.i.ru.
仔細看著這幅畫。

• track 069

切刺物品

ぷすっと

pu.su.tto.

用尖的東西在物體上刺出小洞的樣子

例 風船に針をぷすっと刺したら、大きな音を立てて割れた。

fu.u.se.n.ni./ha.ri.o.pu.su.tto./sa.shi.ta.ra./o.o.ki.na.o.to.o./ta.te.te.wa.re.ta.

用針在氣球上刺一個洞，它發出了巨大聲響後破了。

ちくりと

chi.ku.ri.to.

鋒利的工具刺入物體表面的樣子

例 針を指にちくりと刺してしまった。

ha.ri.o./yu.bi.ni./chi.ku.ri.to./sa.shi.te.shi.ma.tta.

針在手指上刺了一下。

ぐさりと

gu.sa.ri.to.

刀子等尖刺物刺入物體的樣子

例 ぐさりとナイフを胸に刺す。

gu.sa.ri.to./na.i.fu.o./mu.ne.ni.sa.su.

刀子刺入了胸膛。

ずぶりと

zu.bu.ri.to.

細長的物體深陷入鬆軟物體中的樣子

例 足（あし）がずぶりと泥（どろ）の中（なか）に入（はい）る。

a.shi/.ga.zu.bu.ri.to./do.ro.no.na.ka.ni./ha.i.ru.

腳陷到軟泥中。

ずたずた

zu.ta.zu.ta.

零零碎碎

例 ずたずたに破（やぶ）った。

zu.ta.zu.ta.ni./ya.bu.tta.

破成碎片。

ばっさり

ba.ssa.ri.

下定決心一下子就剪掉

例 髪（かみ）をばっさり切（き）った。

ka.mi.o./ba.ssa.ri.ki.tta.

下定決心將頭髮剪掉。

ざっくり

za.kku.ri.

一口氣切成大塊

例 雑草（ざっそう）を根元（ねもと）からざっくりと刈（か）り取（と）った。

za.sso.u.o./ne.mo.to.ka.ra./za.kku.ri.to./ka.ri.to.tta.

將雜草從根部一口氣割斷。

---

track 070

刺痛感

しくしく
shi.ku.shi.ku.
絞痛、陣痛

例 おなかの奥(おく)のほうにずっと痛(いた)みがあり、しくしくする。
o.na.ka.no.o.ku.no.ho.u.ni./zu.tto./i.ta.mi.ga.a.ri./shi.ku.shi.ku.su.ru.
肚子一直傳來陣陣的絞痛。

ずきずき
zu.ki.zu.ki.
像脈搏動一樣規律地疼痛

例 虫歯(むしば)がずきずき痛(いた)む。
mu.shi.ba.ga./zu.ki.zu.ki.i.ta.mu.
蛀牙陣陣抽痛著。

がんがん
ga.n.ga.n.
頭像被敲打般的疼痛

例 頭(あたま)ががんがんして、大変(たいへん)だった。
a.ta.ma.ga./ga.n.ga.n.shi.te./ta.i.he.n.da.tta.
頭非常的痛，真是糟糕。

ひりひり
hi.ri.hi.ri.
傷口或皮膚像是觸電般的疼痛

●track 071

例 日焼けして肌がひりひりする。
hi.ya.ke.shi.te./ha.da.ga./hi.ri.hi.ri.su.ru.
因為晒傷，皮膚陣陣刺痛。

きりきり
ki.ri.ki.ri.
像被尖銳物刺到的疼痛

例 胃がきりきり痛む。
i.ga.ki.ri.ki.ri.i.ta.mu.
胃不停的刺痛著。

むずむず
mu.zu.mu.zu.
很癢像蟲在爬

例 鼻がむずむずして、くしゃみが出そうだ。
ha.na.ga./mu.zu.mu.zu.shi.te./ku.sha.mi.ga.de.so.u.da.
鼻子很癢，好像要打噴涕。

ちかちか
chi.ka.chi.ka.
眼睛刺痛

例 イルミネーションをじっと見ていたら、目がちかちかしてきた。
i.ru.mi.ne.e.sho.n.o./ji.tto./mi.te.i.ta.ra./me.ga./chi.ka.chi.ka.shi.te.ki.ta.
盯著燈飾看，眼睛感到刺痛。

● track 071

形容睡相

ぐうぐう
gu.u.gu.u.
呼呼大睡

例 ぐうぐういびきをかいて寝(ね)ている。
gu.u.gu.u./i.bi.ki.o.ka.i.te./ne.te.i.ru.
呼呼大睡並且打呼。

うとうと
u.to.u.to.
打盹

例 電車(でんしゃ)のなかでうとうとしてしまった。
de.n.sha.no.na.ke.de./u.to.u.to.shi.te.shi.ma.tta.
在電車中打盹。

すやすや
su.ya.su.ya.
小孩睡得香甜的樣子

例 赤(あか)ちゃんがすやすや寝(ね)ている。
a.ka.cha.n.ga./su.ya.su.ya./ne.te.i.ru.
嬰兒睡得很香甜。

ぐっすり
gu.ssu.ri.
酣睡

●track 072

例 一度も目を覚まさないでぐっすり眠った。
i.chi.do.mo./me.o.sa.ma.sa.na.i.de./gu.ssu.ri./ne.mu.tta.
酣睡著完全沒醒來。

こんこんと
ko.n.ko.n.to.
睡死了

例 こんこんと眠り続ける。
ko.n.ko.n.to./ne.mu.ri.tsu.zu.ke.ru.
睡死了。

うつらうつら
u.tsu.ra.u.tsu.ra.
昏昏欲睡的樣子

例 うつらうつらし始めたときに、電話が鳴った。
u.tsu.ra.u.tsu.ra./shi.ha.ji.me.ta.to.ki.ni./de.n.wa.ga.na.tta.
正開始昏昏欲睡時，電話就響了。

まんじり
ma.n.ji.ri.
闔眼

例 一晩中まんじりともしないで看病する。
hi.to.ba.n.chu.u./ma.n.ji.ri.to.mo.shi.na.i.de./ka.n.byo.u.su.ru.
整晚都在照顧病人沒有闔眼。

track 072

形容身材

ほねとかわ

ho.ne.to.ka.wa.

皮包骨

例 アフリカの子供(こども)たちは皆(みな)、やせ細(ほそ)り骨(ほね)と皮(かわ)になった。

a.fu.ri.ka.no./ko.do.mo.ta.chi.wa./mi.na./ya.se.ho.so.ri./ho.ne.to.ka.wa.ni.na.tta.

非洲的小孩都瘦得皮包骨。

ぎすぎす

gi.su.gi.su.

骨瘦如柴

例 彼女(かのじょ)は細(ほそ)すぎて、ぎすぎすしている感(かん)じがした。

ka.no.jo.wa./ho.so.su.gi.te./gi.su.gi.su.shi.te.i.ru./ka.n.ji.ga.shi.ta.

她太瘦了，給人骨瘦如柴的感覺。

ほっそり

ho.sso.ri.

身材纖細

例 彼女(かのじょ)は色(いろ)が白(しろ)くてほっそりしている。

ka.no.jo.wa./i.ro.ga.shi.ro.ku.te./ho.sso.ri.shi.te.i.ru.

她又白皙又纖瘦。

すらりと

su.ra.ri.to.

身材修長

例 手足(てあし)が長(なが)くすらりとした美人(びじん)

te.a.shi.ga./na.ga.ku./su.ra.ri.to.shi.ta./bi.ji.n.

手腳細長身材修長的美女。

小柄(こがら)

ko.ga.ra.

身材矮小

例 彼(かれ)はほかの選手(せんしゅ)より背(せ)も低(ひく)く、小柄(こがら)だった。

ka.re.wa./ho.ka.no.se.n.shu.yo.ri./se.mo.hi.ku./ko.ga.ra.da.tta.

他比其他的選手還矮，是身材矮小的選手。

ぶくぶく

bu.ku.bu.ku.

肥胖

例 食(た)べ過(す)ぎてぶくぶく格好悪(かっこうわる)く太(ふと)ってしまった。

ta.be.su.gi.te./bu.ku.bu.ku./ka.kko.u.wa.ru.ku./fu.to.tte.shi.ma.tta.

吃太多了，變得又胖又醜。

ぽっちゃり

po.ccha.ri.

胖得很可愛

•track 073

例 かわいい女(おんな)の子(こ)は顔(かお)が丸(まる)くて、ぽっちゃりしている。

ka.wa.i.i./o.n.na.no.ko.wa./ka.o.ga.ma.ru.ku.te./po.cha.ri.shi.te.i.ru.

可愛的小女孩臉圓圓，身材胖胖的。

ずんぐり

zu.n.gu.ri.

矮胖

例 あの人(ひと)は背(せ)が低(ひく)いのに太(ふと)っているのでずんぐりしていた。

a.no.hi.to.wa./se.ga.hi.ku.i.no.ni./fu.to.tte.i.ru.no.de./zu.n.gu.ri.shi.te.i.ta.

那個人身高不高卻很胖，看起來十分矮胖。

がっしり

ga.sshi.ri.

結實

例 あの野球選手(やきゅうせんしゅ)はがっしりとした体型(たいけい)をしている。

a.no.ya.kyu.u.se.n.shu.wa./ga.sshi.ri.to.shi.ta./ta.i.ke.i.o./shi.te.i.ru.

那位棒球選手有著結實的體型。

でっぷり

de.ppu.ri.

粗壯結實／儀表堂堂

例 でっぷり太(ふと)った男性(だんせい)。

de.ppu.ri.fu.to.tta.da.n.se.i.

粗壯威武的男性。

track 074

哭泣的樣子

しくしく

shi.ku.shi.ku.

女生啜泣

例 女(おんな)の子(こ)は小(ちい)さい声(こえ)でしくしく泣(な)いていた。

o.n.na.no.ko.wa./chi.i.sa.i.ko.e.de./shi.ku.shi.ku.na.i.te.i.ta.

小女生用細小的的聲音啜泣著。

えんえん

e.n.e.n.

幼兒撒嬌似的哭泣

例 子供(こども)がえんえんないている。

ko.do.o.ga./e.n.e.n.na.i.te.i.ru.

小朋友撒嬌似的哭泣著。

ぎゃあぎゃあ

gya.a.gya.a.

幼兒大哭的樣子

例 あの子供(こども)は転(ころ)んじゃって、ぎゃあぎゃあ泣(な)いた。

a.no.ko.do.mo.wa./ko.ro.n.ja.tte./gya.a.gya.a.na.i.ta.

那個小孩跌倒了，放聲大哭。

うるうる

u.ru.u.ru.

眼眶泛淚

• track 074

例 皆(みな)にお祝(いわ)いされた彼(かれ)はうるうるしていた。

mi.na.ni./o.i.wa.i.sa.re.ta.ka.re.wa./u.ru.u.ru.shi.te.i.ta.

接受大家的祝福，讓他紅了眼眶。

わあわあ

wa.a.wa.a.

哇哇大哭

例 赤(あか)ん坊(ぼう)がわあわあ泣(な)く。

a.ka.n.bo.u.ga./wa.a.wa.a.na.ku.

小嬰兒哇哇大哭。

ほろりと

ho.ro.ri.to.

因感動，眼淚不由自主的掉下來

例 話(はなし)を聴(き)いてほろりとした。

ha.na.shi.o./ki.i.te./ho.ro.ri.to.shi.ta.

聽了這一席話後忍不住落下淚來。

ぽろりと

po.ro.ri.to.

無意中掉下一滴淚

例 大(おお)きな涙(なみだ)がぽろりと落(お)ちる。

o.o.ki.na.na.mi.da.ga./po.ro.ri.to./o.chi.ru.

落下一顆斗大的淚珠。

● track 075

形容火勢

ちょろちょろ
cho.ro.cho.ro.
小火苗搖曳不定

例 ちょろちょろと小(ちい)さな炎(ほのお)が燃(も)えていた。
cho.ro.cho.ro.to./chi.i.sa.na.ho.no.o.ga./mo.e.te.i.ta.
小火苗搖曳燃燒著。

ぼうぼう
bo.u.bo.u.
火勢迅猛

例 ぼうぼうと勢(いきお)いよく燃(も)えた。
bo.u.bo.u.to./i.ki.o.i.yo.ku./mo.e.ta.
火勢猛烈的燒著。

めらめら
me.ra.me.ra.
大火順勢蔓延

例 カーテンに火(ひ)がついてめらめら燃(も)え上(あ)がっている。
ka.a.te.n.ni./hi.ga.tsu.i.te./me.ra.me.ra.mo.e.a.ga.tte.i.ru.
火延燒到窗簾上順勢燃燒。

かっか
ka.kka.
火燒得很旺

• track 075

例 炭火がかっかとおこる。
su.mi.bi.ga./ka.kka.to.o.ko.ru.
炭火燒得很旺。

ぐらぐら
gu.ra.gu.ra.
水沸騰

例 お湯はぐらぐらと煮えたぎる。
o.yu.wa./gu.ra.gu.ra.to./ni.e.ta.gi.ru.
水煮沸了。

とろとろ
to.ro.to.ro.
小火苗燃燒／小火慢煮

例 とろとろとかまどの火が燃えている。
to.ro.to.ro.to./ka.ma.do.no.hi.ga./mo.e.te.i.ru.
爐子上的小火苗持續燃燒著。

かんかん
ka.n.ka.n.
炭火燒得灼熱

例 かんかんにおこった炭火。
ka.n.ka.n.ni./o.ko.tta.su.mi.bi.
燒得正旺的炭火。

● track 076

形容動作

きびきび
ki.bi.ki.bi.
動作俐落，看上去很舒服

例 バスケット選手のきびきびとした動きは、見ていて気持ちがいい。
ba.su.ke.tto.se.n.shu.no./ki.bi.ki.bi.to.shi.ta./u.go.ki.wa./mi.te.i.te./ki.mo.chi.ga.i.i.
籃球選手俐落的動作讓人看了很舒服。

手早い
te.ba.ya.i.
動作迅速

例 身支度を手早くすませる。
mi.shi.ta.ku.o./te.ba.ya.ku.su.ma.se.ru.
很快的準備好。

さっさと
sa.ssa.to.
迅速完成某事

例 与えられた仕事をさっさと片付ける。
a.ta.e.ra.re.ta./shi.go.to.o./sa.ssa.to./ka.ta.zu.ke.ru.
很快的處理好被交付的工作。

てきぱき
te.ki.pa.ki.
做事俐落

● track 076

例 やり方がてきぱきしている。

ya.ri.ka.ta.ga./te.ki.pa.ki.shi.te.i.ru.

作法很乾淨俐落。

のろのろ

no.ro.no.ro.

動作緩慢／進展緩慢

例 渋滞で車はのろのろしか動かない。

ju.u.ta.i.de./ku.ru.ma.wa./no.ro.no.ro.shi.ka./u.go.ka.na.i.

因為塞車所以車子前進緩慢。

ぐずぐず

gu.zu.gu.zu.

做事磨磨蹭蹭

例 ぐずぐずしていると電車に乗り遅れるよ。

gu.zu.gu.zu.shi.te.i.ru.to./de.n.sha.ni./no.ri.o.ku.re.ru.yo.

別在磨蹭了，會趕不上電車喔！

もたもた

mo.ta.mo.ta.

慢吞吞的

例 何をもたもたしてるんだ、早くしろ。

na.ni.o./mo.ta.mo.ta.shi.te.ru.n.da./ha.ya.ku.shi.ro.

別拖拖拉拉的，快一點做！

track 077

移動的樣子

さっと
sa.tto.
動作及做事速度極快

例 さっと立(た)って教室(きょうしつ)に出(で)て行(い)く。
sa.tto.ta.tte./kyo.u.shi.tsu.ni./de.te.i.ku.
馬上站起來離開教室。

すいすい
su.i.su.i.
輕鬆自由的移動

例 トンボがすいすい飛(と)んでいる。
to.n.bo.ga./su.i.su.i.to.n.de.i.ru.
蜻蜓在空中輕快的飛著。

ぞろぞろ
zo.ro.zo.ro.
人或物一個接著一個移動

例 大勢(おおぜい)の人(ひと)がぞろぞろ歩(ある)いている。
o.o.ze.i.no.hi.to.ga./zo.ro.zo.ro./a.ru.i.te.i.ru.
大批的人潮一個接一個走著。

ぐるぐる
gu.ru.gu.ru.
沉重的物體順著大圈圈轉動／在同一個地方轉來轉去

track 077

例 池の周りをぐるぐる回る。

i.ke.no.ma.wa.ri.o./gu.ru.gu.ru.ma.wa.ru.

在池塘的周圍繞來繞去。

するりと

su.ru.ri.to.

輕快而順暢的穿過或移動

例 するりと逃げる。

su.ru.ri.to.ni.ge.ru.

輕快的溜走逃走了。

転々と

te.n.te.n.to.

地點或工作變動頻繁

例 転々と学校を変える。

te.n.te.n.to./ga.kko.u.o./ka.e.ru.

不停的轉學。

ころころ

ko.ro.ko.ro.

滾動樣子

例 栗が落ちて、坂道をころころ転がっていった。

ku.ri.ga.o.chi.te./sa.ka.mi.chi.o./ko.ro.ko.ro./ko.ro.ga.tte.i.tta.

栗子掉下來，在斜坡上滾動。

track 078

大量的樣子

ふんだんに
fu.n.da.n.ni.
多得用不完／大量的

例 あわびをふんだんに使った贅沢な料理。
a.wa.bi.o.fu.n.da.n.ni./tsu.ka.tta./ze.i.ta.ku.na./ryo.u.ri.
用了大量鮑魚的奢華料理。

うんと
u.n.to.
程度超出一般狀態

例 毎日一生懸命練習したので、うんと上手になった。
ma.i.ni.chi./i.ssho.u.ke.n.me.i./re.n.shu.u.shi.ta.no.de./u.n.to./jo.u.zu.ni.na.tta.
因為每天都努力練習，所以進步神速。

多く
o.o.ku.
多數的

例 多くの会社では禁煙です。
o.o.ku.no.ka.i.sha.de.wa./ki.n.e.n.de.su.
大部分的公司都禁菸。

どっさり
do.ssa.ri.
物體數量多／工作量大

●track 078

例 お年玉(としだま)をどっさりもらった。

o.to.shi.da.ma.o./do.ssa.ri.mo.ra.tta.

拿到很多紅包。

ごろごろ

go.ro.go.ro.

到處都是／很多又重又大的東西

例 石(いし)がごろごろして歩(ある)きにくい道(みち)。

i.shi.ga./go.ro.go.ro.shi.te./a.ru.ki.ni.ku.i.mi.chi.

到處都是石頭，難以行走的道路。

余計(よけい)

yo.ke.i.

比正常的多

例 人(ひと)より余計(よけい)に働(はたら)く。

hi.to.yo.ri./yo.ke.i.ni./ha.ta.ra.ku.

比別人還努力工作。

たっぷり

ta.ppu.ri.

數量或時間相當多

例 野菜(やさい)をたっぷり入(い)れて炒(いた)める。

ya.sa.i.o./ta.ppu.ri./i.re.te./i.ta.me.ru.

加入大量的蔬菜拌炒。

track 079

形容笑容

にやにや
ni.ya.ni.ya.
奸笑

例 変な人がにやにやしながら、挨拶してきた。
he.n.na.hi.to.ga./ni.ya.ni.ya.shi.na.ga.ra./a.i.sa.tsu.shi.te.ki.ta.
有個奇怪的人一邊奸笑一邊走過來打招呼。

にこにこ
ni.ko.ni.ko.
微笑

例 彼女はいつもにこにこしている。
ka.no.jo.wa./i.tsu.mo./ni.ko.ni.ko.shi.te.i.ru.
她總是面帶微笑。

けらけら
ke.ra.ke.ra.
哈哈笑／咯咯笑

例 テレビを見ながらけらけら笑う。
te.re.bi.o./mi.na.ga.ra./ke.ra.ke.ra.wa.ra.u.
一邊看電視一邊哈哈笑。

あははは
a.ha.ha.ha.
大笑

•track 079

例 彼(かれ)は大声(おおごえ)であはははと笑(わら)う。
ka.re.wa./o.o.go.e.de./a.ha.ha.ha.to./wa.ra.u.
他哈哈大笑著。

にっこり
ni.kko.ri.
露齒微笑

例 お年玉(としだま)をもらって、にっこりと笑(わら)った。
o.to.shi.da.ma.o.mo.ra.tte./ni.kko.ri.to./wa.ra.tta.
拿到了紅包，忍不住露出微笑。

くすくす
ku.su.ku.su.
背地裡偷笑

例 陰(かげ)でくすくす笑(わら)う。
ka.ge.de./ku.su.ku.su.wa.ra.u.
在私底下竊笑。

track 080

興奮的心情

どきどき
do.ki.do.ki.
緊張期待

例 どきどきしながら、結果を待つ。
do.ki.do.ki.shi.na.ga.ra./ke.kka.o.ma.tsu.
緊張的等待結果。

わくわく
wa.ku.wa.ku.
興奮期待

例 わくわくしながら、夜明けを待つ。
wa.ku.wa.ku.shi.na.ga.ra./yo.a.ke.o.ma.tsu.
興奮的等待天亮。

うきうき
u.ki.u.ki.
喜不自勝

例 旅行が間近に迫り心がうきうきしている。
ryo.ko.u.ga./ma.zi.ka.ni.se.ma.ri./ko.ko.ro.ga.u.ki.u.ki.shi.te.i.ru.
旅行的時間就快到了，心情也跟著十分愉快。

•track 080

做事的態度

うっかり
u.kka.ri.
迷糊／不小心

例 うっかりして転(ころ)んでしまった。
u.kka.ri.shi.te./ko.ro.n.de.shi.ma.tta.
一個不小心跌倒了。

きっぱり
ki.ppa.ri.
斬釘截鐵

例 きっぱりあきらめたほうがいい。
ki.ppa.ri./a.ki.ra.me.ta.ho.u.ga.i.i.
最好徹底的放棄。

ちゃんと
cha.n.to.
確實的

例 ちゃんと座(すわ)りなさい。
cha.n.to.su.wa.ri.na.sa.i.
請好好的坐著。

しっかり
shi.kka.ri.
踏實的／確實的

例 解(と)けないようにしっかり縛(しば)る。
to.ke.na.i.yo.u.ni./shi.kka.ri.shi.ba.ru.
確實的綁緊不讓它鬆脫。

track 081

煩悶的樣子

がっくり
ga.kku.ri.
失望／事出突然

例 そんなにがっくりするなよ。
so.n.na.ni.ga.kku.ri.su.ru.na.yo.
別這麼失望。

がっかり
ga.kka.ri.
失望

例 試合(しあい)に負(ま)けてがっかりする。
shi.a.i.ni./ma.ke.te./ga.kka.ri.su.ru.
輸掉比賽真讓人失望。

くよくよ
ku.yo.ku.yo.
愁眉不展

例 小(ちい)さなことでくよくよするな。
chi.i.sa.na.ko.to.de./ku.yo.ku.yo.su.ru.na.
別因為一點小事就愁眉不展嘛！

しょんぼり
sho.n.bo.ri.
失魂落魄

例 彼女(かのじょ)はしょんぼりと帰(かえ)ってきた。
ka.no.jo.wa./sho.n.bo.ri.to./ka.e.tte.ki.ta.
她失魂落魄的回家。

• track 081

いらいら

i.ra.i.ra.

焦躁

例 バスが来(こ)なくて、いらいらしてしまった。

ba.su.ga.ko.na.ku.te./i.ra.i.ra.shi.te.shi.ma.tta.

公車一直不來，讓人感到焦躁。

うんざり

u.n.za.ri.

厭煩

例 あなたの自慢話(じまんばなし)にうんざりしている。

a.na.ta.no./ji.ma.n.ba.na.shi.ni./u.n.za.ri.shi.te.i.ru.

我已經對你吹噓的話感到厭煩了。

track 082

溼氣重的樣子

びしょびしょ
bi.sho.bi.sho.
溼答答

例 雨(あめ)でびしょびしょになった。
a.me.de./bi.sho.bi.sho.ni.na.tta.
被雨水淋溼了。

ねばねば
ne.ba.ne.ba.
黏黏的

例 ねばねばした納豆(なっとう)。
ne.ba.ne.ba.shi.ta.na.tto.u.
黏黏的納豆。

ぬるぬる
nu.ru.nu.ru.
滑滑的

例 うなぎはぬるぬるして掴(つか)みにくい。
u.na.gi.wa./nu.ru.nu.ru.shi.te./tsu.ka.mi.ni.ku.i.
鰻魚滑溜溜的很難抓。

じめじめ
ji.me.ji.me.
潮溼

例 じめじめした日(ひ)が続(つづ)いている。
ji.me.ji.me.shi.ta.hi.ga./tsu.zu.i.te.i.ru.
每天都很潮溼。

情境用語

• track 083

問候

▷ やあ。

ya.a.

嘿！

▷ こんにちは。

ko.n.ni.chi.wa.

你好。

▷ はじめまして。

ha.ji.me.ma.shi.te.

初次見面。

▷ よろしくお願(ねが)いします。

yo.ro.shi.ku./o.ne.ga.i.shi.ma.su.

請多多指教。

▷ お元気(げんき)ですか？

o.ge.n.ki.de.su.ka.

你好嗎？

▷ お久(ひさ)しぶりです。

o.hi.sa.shi.bu.ri.de.su.

好久不見。

▷ 今日(きょう)はいい天気(てんき)ですね。

kyo.u.wa./i.i.te.n.ki.de.su.ne.

今天天氣真好。

▷ 最近(さいきん)はどうですか？

sa.i.ki.n.wa./do.u.de.su.ka.

最近過得如何？

▷ ご家族(かぞく)は元気(げんき)ですか？

go.ka.zo.ku.wa./ge.n.ki.de.su.ka.

你的家人好嗎？

●track 083

▷ 田中(たなか)さんは元気(げんき)ですか？
ta.na.ka.sa.n.wa./ge.n.ki.de.su.ka.
田中先生好嗎？

▷ 今日(きょう)もお願(ねが)いします。
kyo.u.mo./o.ne.ga.i.shi.ma.su.
今天也請多多指教。

▷ 先日(せんじつ)はどうも。
se.n.ji.tsu.wa./do.u.mo.
前幾天謝謝你了。

▷ どうも。
do.u.mo.
你好。／謝謝。

▷ 元気(げんき)？
ge.n.ki.
還好吧？

▷ お帰(かえ)りなさい。
o.ka.e.ri.na.sa.i.
你回來啦！

▷ やあ、こんにちは。
ya.a./ko.n.ni.chi.wa.
嘿，你好。

▷ 元気(げんき)です。
ge.n.ki.de.su.
我很好，謝謝。

▷ おはようございます。
o.ha.yo.u./go.za.i.ma.su.
早安。

▷ こんばんは。
ko.n.ba.n.wa.
晚上好。

• track 084

▷ おやすみなさい。
o.ya.su.ma.na.sa.i.
晚安。

▷ そうですね。
so.u.de.su.ne.
是啊！

▷ いいえ、こちらこそ。
i.i.e./ko.chi.ra.ko.so.
不，我才是。

▷ まあまあです。
ma.a.ma.a.de.su.
馬馬虎虎啦！

▷ 風邪(かぜ)を引(ひ)いたんです。
ka.ze.o./hi.i.ta.n.de.su.
不太好。我感冒了。

▷ 大変(たいへん)です。
ta.i.he.n.de.su.
不太好。

▷ ただいま。
ta.da.i.ma.
我回來了。

▷ どうも。
do.u.mo.
你好。／謝謝。

▷ ええ。
e.e.
嗯。

▷ またお会(あ)いできてよかったです。
ma.ta./o.a.i.de.ki.te./yo.ka.tta.de.su.
很高興能再與您見面。

•track 084

問路／告知地點

▷ あのう、すみませんが。

a.no./su.mi.ma.se.n.ga.

呃，不好意思。

▷ すみませんが、図書館(としょかん)まではどうやって行(い)きますか？

su.me.ma.se.n.ga./to.sho.ka.n.ma.de.wa./do.u.ya.tte./i.ki.ma.su.ka.

不好意思，請問到圖書館該怎麼走。

▷ すみませんが、図書館(としょかん)はどこですか？

su.mi.ma.se.n.ga./to.sho.ka.n.wa./do.ko.de.su.ka.

請問，圖書館在哪裡？

▷ すみませんが、図書館(としょかん)ってどの辺(へん)にありますか。

su.mi.ma.se.n.ga./to.sho.ka.n.tte./do.no.he.n.ni./a.ri.ma.su.ka.

不好意思，請問圖書館在哪邊？

▷ 図書館(としょかん)はどこにありますか？

to.sho.ka.n.wa./do.ko.ni./a.ri.ma.su.ka.

圖書館在哪裡呢？

▷ このバスは市役所(しやくしょ)行(ゆ)きですか？

ko.no.ba.su.wa./shi.ya.ku.sho.yu.ki./de.su.ka.

這班公車有到市公所嗎？

▷ すみませんが、この辺(へん)に図書館(としょかん)がありませんか？

su.mi.ma.se.n.ga./ko.no.he.n.ni./to.sho.ka.n.ga./a.ri.ma.se.n.ka.

不好意思，請問這附近有圖書館嗎？

• track 085

▷ 図書館へはどうやって行けばいいでしょうか？
to.sho.ka.n.e.wa./do.u.ya.tte.i.ke.ba./i.i.de.sho.u.ka.
圖書館該怎麼去呢？

▷ ここはどこですか？
ko.ko.wa./do.ko.de.su.ka.
這裡是哪裡？

▷ どうやって行きますか？
do.u.ya.tte./i.ki.ma.su.ka.
怎麼走？

▷ 何で行きますか？
na.n.de./e.ki.ma.su.ka.
該用什麼方式到達？

▷ どこですか？
do.ko.de.su.ka.
在哪裡呢？

▷ どこ？
do.ko.
哪裡？

▷ こっちですか？
ko.cchi.de.su.ka.
是這裡嗎？

▷ 二番目の交差点を右に曲がります。
ni.ba.n.me.no./ko.u.sa.te.n.o./mi.gi.ni.ma.ga.ri.ma.su.
在第二個十字路口向右轉。

▷ 二つ目の信号を右に曲がります。
fu.ta.tsu.me.no.shi.n.go.o./mi.gi.ni.ma.ga.ri.ma.su.
第二個紅綠燈處向右走。

• track 085

▷ この道を真っ直ぐ行きます。

ko.mo.mi.chi.o./ma.ssu.gu.i.ki.ma.su.

沿著這條路直走。

▷ 5番のバスです。「動物園前」でバスを降ります。

go.ba.n.no.ba.su.de.su./do.u.bu.tsu.e.n.ma.e.de./ba.su.o.o.ri.ma.su.

搭乘五號公車，在「動物園前」站下車。

▷ あのアパートの向こうです。

a.no.a.pa.a.to.no./mu.ko.u.de.su.

就在那棟公寓的那一邊。

▷ 真っ直ぐ行って、一つ目の信号を左に曲がります。

ma.ssu.gu.i.tte./hi.to.tsu.me.no.shi.n.go.o./hi.da.ri.ni./ma.ga.ri.ma.su.

一直向前走，然後在第一個紅綠燈處向左轉。

▷ わたしもそこに行くところなんです。そこまで案内します。

wa.ta.shi.mo./so.ko.ni.i.ku./to.ko.ro.na.n.de.su./so.ko.ma.de./a.n.na.i.shi.ma.su.

我正好要去那兒。我帶你去。

▷ 歩いて十五分ぐらいですね

a.ru.i.te./ju.u.go.fu.n./gu.ra.i.de.su.ne.

步行大約需要十五分鐘。

▷ 車で十五分ぐらいですね。

ku.ru.ma.de./ju.u.go.fu.n./gu.ra.i.de.su.ne.

從這兒搭車大約十五分鐘。

▷ 最寄り駅は上野駅です。

mo.yo.ri.e.ki.wa./u.e.no.e.ki.de.su.

最近的車站是上野車站。

track 086

▷ ここです。

ko.ko.de.su.

就是這裡。

▷ 通り(とお)りの右側(みぎがわ)です。

to.o.ri.no./mi.gi.ga.wa.de.su.

在道路的右側。

▷ 歩(ある)いていけます。

a.ru.i.te.i.ke.ma.su.

用走的就能到。

●track 086

電話禮儀

▷ もしもし、卓弥(たくや)さんはいらっしゃいますか？
mo.shi.mo.shi./ta.ku.ya.sa.n.wa./i.ra.ssha.i.ma.su.ka.
你好！請問卓彌先生在嗎？

▷ 大田(おおた)ですが、鈴木(すずき)さんはいらっしゃいますか？
o.o.ta.de.su.ga./su.zu.ki.sa.n.wa./i.ra.ssha.i.ma.su.ka.
我是大田，請問鈴木先生在嗎？

▷ もしもし、玲子(れいこ)？
mo.shi.mo.shi./re.i.ko.
你好！玲子嗎？

▷ お父(とう)さんはいらっしゃる？
o.to.u.sa.n.wa./i.ra.ssha.ru.
令尊在家嗎？

▷ 営業部(えいぎょうぶ)の堂本(どうもと)さんをお願(ねが)いします。
e.i.gyo.u.bu.no./do.u.mo.to.sa.n.o./o.ne.ga.i.shi.ma.su.
請幫我接業務部的堂本先生。

▷ もしもし、森田(もりた)さんのお宅(たく)ですか？
mo.shi.mo.shi./mo.ri.ta.sa.n.no./o.ta.ku.de.su.ka.
請問是森田先生家嗎。

▷ 後(のち)ほどまた電話(でんわ)をします。
no.chi.ho.do./ma.ta.de.n.wa.o.shi.ma.su.
稍後會再打電話來。

●track 087

▷ 伝言をお願いできますか？
de.n.go.n.o./o.ne.ga.i./de.ki.ma.su.ka.
可以請你幫我留言嗎？

▷ 伝言をお願いします。
de.n.go.n.o./o.ne.ga.i.shi.ma.su.
請幫我留言。

▷ 中井から電話があったことを伝えていただけますか？
na.ka.i.ka.ra./de.wa.ga.a.tta.ko.to.o./tsu.ta.e.te.i.ta.da.ke.ma.su.ka.
請轉達中井曾經打電話來過。

▷ また掛けなおします。
ma.ta./ka.ke.na.o.shi.ma.su.
我等一下再打來。

▷ メッセージをお願いしたいのですが。
me.sse.e.ji.o./o.ne.ga.i./shi.ta.i.no.de.su.ga.
我想要留言。

▷ また連絡します。
ma.ta./re.n.ra.ku.shi.ma.su.
我會再打來。

▷ また後で掛けます。
ma.ta./a.to.de./ka.ke.ma.su.
我等一下再打。

▷ はい。佐藤です。
ha.i./sa.to.u.de.su.
我是佐藤。

▷ どちら様でしょうか？。
do.chi.ra.sa.ma./de.sho.u.ka.
請問您是哪位？

▷ はい、少々お待ちください。

● track 087

ha.i./sho.u.sho.u./o.ma.chi.ku.da.sa.i.
請稍待。

▷ あいにくまだ帰（かえ）っておりませんが…。
a.i.ni.ku./ma.da.ka.e.tte./o.ri.ma.se.n.ga.
不巧他還沒回來。

▷ 話中（はなしちゅう）です。もう一度（いちど）おかけ直（なお）しください。
ha.na.shi.chu.u.de.su./mo.u.i.chi.do./o.ka.ke.na.o.shi.te./ku.da.sa.i.
電話占線中。請再撥一次。

▷ 今留守（いまるす）にしていますが。
i.ma./ru.su.ni.shi.te.i.ma.su.ga.
現在不在家。

▷ お電話代（でんわか）わりました。佐藤（さとう）です。
o.de.n.wa.ka.wa.ri.ma.shi.ta./sa.to.u.de.su.
電話換人接聽了，我是佐藤。

▷ ご伝言（でんごん）を承（うけたまわ）りましょうか？
go.de.n.go.n.o./u.ke.ta.ma.wa.ri.shi.ma.sho.u.ka.
你需要留言嗎？

▷ 伝言（でんごん）をお伝（つた）えしましょうか？
de.n.go.n.o./o.tsu.ta.e.shi.ma.sho.u.ka.
我能幫你留言嗎？

▷ 間違（まちが）い電話（でんわ）です。
ma.chi.ga.i.de.n.wa.de.su.
你打錯電話了。

● track 088

▷ 田中(たなか)は今席(いませき)を外(はず)しておりますが。
ta.na.ka.wa./i.ma./se.ki.o.ha.zu.shi.te./o.ri.ma.su.ga.
田中現在不在位置上。

▷ はい、よろしいです。
ha.i./yo.ro.shi.i.de.su.
好的，可以。

▷ お名前(なまえ)を伺(うかが)ってよろしいですか？
o.na.ma.e.o./u.ka.ga.tte./yo.ro.shi.i.de.su.ka.
請問大名。

▷ 夜(よる)に掛(か)けなおしていいかな？
yo.ru.ni./ka.ke.na.o.shi.te./i.i.ka.na.
晚上打給你可以嗎？

▷ すいません。バタバタしてしまって。
su.i.ma.se.n./ba.ta.ba.ta.shi.te./shi.ma.tte.
不好意思，我要先去忙了。

track 088

時間日期

▷ 今何時(いまなんじ)ですか？
i.ma.na.n.ji.de.su.ka.
現在幾點？

▷ いつですか？
i.tsu.de.su.ka.
什麼時候？

▷ 今日何曜日(きょうなんようび)ですか？
kyo.u.na.n.yo.u.bi.de.su.ka.
今天星期幾？

▷ どのくらいですか？
do.no.ku.ra.i.de.su.ka.
需要多久時間？

▷ 何時(なんじ)から何時(なんじ)までですか？
na.n.ji.ka.ra./na.n.ji.ma.de./de.su.ka.
幾點到幾點呢？

▷ 何日(なんにち)ですか？
na.n.ni.chi.de.su.ka.
幾號呢？

▷ 何時何分(なんじなんぷん)ですか？
na.n.ji.na.n.pu.n.de.su.ka.
幾點幾分呢？

▷ いつ帰(かえ)りますか？
i.tsu.ka.e.ri.ma.su.ka.
何時回去？

▷ いつ台湾(たいわん)に来(き)ましたか？
i.tsu.ta.i.wa.n.ni./ki.ma.shi.ta.ka.
何時來台灣的？

• track 089

▷ お誕生日（たんじょうび）はいつですか？
o.ta.n.jo.u.bi.wa./i.tsu.de.su.ka.
生日是什麼時候？

▷ いつからですか？
i.tsu.ka.ra.de.su.ka.
什麼時候開始？

▷ 十時（じゅうじ）からでしょう？
ju.u.ji.ka.ra.de.sho.u.
是十點吧？

▷ 長（なが）いですか？
na.ga.i.de.su.ka.
很久嗎？

▷ お届（とど）け日（び）とお届（とど）け時間（じかん）がご指定（してい）できますが、いかがなさいますか？
o.to.do.ke.bi.to./o.to.do.ke.ji.ka.n.ga./go.shi.te.i.de.ki.ma.su.ga./i.ka.ga.na.sa.i.ma.su.ka.
可以指定送達的日期和時間。要指定嗎？

▷ 七時（しちじ）です。
shi.chi.ji.de.su.
七點整。

▷ 三時半（さんじはん）です。
sa.n.ji.ha.n.de.su.
三點半。

▷ 一月九日（いちがつここのか）です。
i.chi.ga.tsu./ko.ko.no.ka.de.su.
一月九日。

▷ 五時（ごじ）から八時（はちじ）までです。
go.ji.ka.ra./ha.chi.ji.ma.de.de.su.
五點到八點。

• track 089

▷ 六時間(ろくじかん)かかります。
ro.ku.ji.ka.n./ka.ka.ri.ma.su.
要花六小時。

▷ 午前二時(ごぜんにじ)です。
go.ze./n.ni.ji.de.su.
凌晨兩點。

▷ 午後九時(ごごくじ)です。
go.go./ku.ji.de.su.
晚上九點。

▷ 十二時(じゅうにじ)まであと五分(ごふん)。
ju.u.ni.ji.ma.de./a.to.go.fu.n.
差五分鐘十二點。

▷ 二泊三日(にはくみっか)です。
ni.ha.ku./mi.kka.de.su.
三天兩夜。

▷ 今日(きょう)は祝日(しゅくじつ)です。
kyo.u.wa./shu.ku.ji.tsu.de.su.
今天是國定假日。

▷ 届(とど)け時間(じかん)は八時(はちじ)から十二時(じゅうにじ)にしていただけますか？
to.do.ke.ji.ka.n.wa./ha.chi.ji.ka.ra./ju.u.ni.ji.ni./shi.te./i.ta.da.ke.ma.su.ka.
可以請你在八點到十二點間送來嗎？

▷ 明日(あした)までに出(だ)してください。
a.shi.ta.ma.de.ni./da.shi.te./ku.da.sa.i.
請在明天前交出來。

▷ 四時十分前(よんじじゅっぷんまえ)です。
yo.n.ji.ju.u.bu.n.ma.e.de.su.
三點五十分。

---

track 090

▷ 六時半(ろくじはん)に駅前(えきまえ)で待(ま)ち合(あ)わせましょう。
ro.ku.ji.ha.n.ni./e.ki.ma.e.de./ma.chi.a.wa.se.ma.sho.u.
六點半在車站前碰面。

• track 090

歉意

▷ すみません。
su.mi.ma.se.n.
抱歉。

▷ ごめんなさい。
go.me.n.na.sa.i.
對不起。

▷ すみませんでした。
su.mi.ma.se.n.de.shi.ta.
真是抱歉。

▷ 申(もう)し訳(わけ)ありません。
mo.u.shi.wa.ke./a.ri.ma.se.n.
深感抱歉。

▷ 申(もう)し訳(わけ)ございません。
mo.u.shi.wa.ke./go.za.i.ma.se.n.
深感抱歉。

▷ 遅(おそ)くてすみません。
o.so.ku.te./su.mi.ma.se.n.
不好意思，我遲到了。

▷ 失礼(しつれい)します。
shi.tsu.re.i.shi.ma.su.
不好意思。

▷ 許(ゆる)してください。
yu.ru.shi.te./ku.da.sa.i.
請原諒我。

▷ お邪魔(じゃま)します。
o.ja.ma.shi.ma.su.
打擾了。

track 091

▷ 恐(おそ)れ入(い)ります。
o.so.re.i.ri.ma.su.
抱歉打擾了。

▷ すまん。
su.ma.n.
歹勢。（男性用語，較隨便）

▷ ごめんね。
go.me.n.ne.
不好意思啦！

▷ ご迷惑(めいわく)をおかけしました。
go.me.i.wa.ku.o./o.ka.ke.shi.ma.shi.ta.
給您添麻煩了。

▷ 大目(おおめ)に見(み)てください。
o.o.me.ni./mi.te./ku.da.sa.i.
請多多包涵。

▷ わたしが悪(わる)いです。
wa.ta.shi.ga./wa.ru.i.de.su.
都是我不好。

• track 091

原諒

▷ 大丈夫(だいじょうぶ)です。
da.i.jo.u.bu.de.su.
沒關係！

▷ かまいません。
ka.ma.i.ma.se.n.
沒關係！

▷ 大(たい)したことではありません。
ta.i.shi.ta.ko.to./de.wa.a.ri.ma.se.n.
沒什麼！

▷ あなたのせいじゃない。
a.na.ta.no.se.i.ja.na.i.
不是你的錯。

▷ 気(き)にしないで。
ki.ni.shi.na.i.de.
不要在意！

▷ いえいえ。
i.e.i.e.
不要緊的！

▷ 平気平気(へいきへいき)。
he.i.ki./he.i.ki.
沒關係！

▷ いいえ。
i.i.e.
沒關係。

▷ 心配(しんぱい)しないで。
shi.n.pa.i.shi.na.i.de.
別為此事擔心。

track 092

▷ こちらこそ。
ko.chi.ra.ko.so.
我才感到抱歉。

▷ いいのよ。
i.i.no.yo.
沒關係啦！

▷ ぜんぜん気(き)にしていません。
ze.n.ze.n./ki.ni.shi.te./i.ma.se.n.
我一點都不在意。

▷ いいや。
i.i.ya.
不會。

▷ こっちのほうは気(き)にしなくても大丈夫(だいじょうぶ)だよ。
ko.cchi.no.ho.u.wa./ki.ni.shi.na.ku.te.mo./da.i.jo.u.bu.da.yo.
不用在乎我的想法。

---

track 092

協助

▷ どうしましたか？
do.u.shi.ma.shi.ta.ka.
怎麼了嗎？

▷ お持ちしましょうか？
o.mo.chi.shi.ma.sho.u.ka.
需要我幫你拿嗎？

▷ 何かお困りですか？
na.ni.ka./o.ko.ma.ri.de.su.ka.
有什麼困擾嗎？

▷ お手伝いしましょうか？
o.te.tsu.da.i.shi.ma.sho.u.ka.
讓我來幫你。

▷ 荷物を運ぶのを手伝いましょうか
ni.mo.tsu.o./ha.ko.bu.no.o./te.tsu.da.i.ma.sho.u.ka.
我來幫你拿行李吧！

▷ 任せてください。
ma.ka.se.te.ku.da.sa.i.
交給我吧！

▷ 大丈夫ですか？
da.i.jo.u.bu.de.su.ka.
有什麼問題嗎？

▷ 何か御用があれば、お呼びください。
na.ni.ka./go.yo.u.ga.a.re.ba./o.yo.bi.ku.da.sa.i.
有任何需要，請叫我。

• track 093

▷ 何かありましたらまたお呼びください。
na.ni.ka.a.ri.ma.shi.ta.ra./ma.ta./o.yo.bi.ku.da.sa.i.
如果有什麼問題，請再叫我。

▷ 手伝おうか？
te.tsu.da.o.u.ka.
我來幫你一把吧！

▷ お替りいかがですか？
o.ka.wa.ri./i.ka.ga.de.su.ka.
要不要再來一碗（杯）？

▷ 駅まで車で送りましょうか。
e.ki.ma.de./ku.ru.ma.de./o.ku.ri.ma.sho.u.ka.
我開車送你到車站吧！

▷ どうぞお使いになってください。
do.u.zo./o.tsu.ka.i.ni.na.tte./ku.da.sa.i.
請拿去用。

▷ よかったらこの掃除機、使ってもらえませんか？
yo.ka.tta.ra./ko.no.so.u.ji.ki./tsu.ka.tte./mo.ra.e.ma.se.n.ka.
不嫌棄的話，請用這臺吸塵器。

• track 093

致謝

▷ ありがとうございます。
a.ri.ga.to.u./go.za.i.ma.su.
謝謝你的幫助！

▷ 手伝ってくれてありがとう。
te.tsu.da.tte.ku.re.te./a.ri.ga.to.u.
感謝你的協助！

▷ どうもわざわざありがとう。
do.u.mo./wa.za.wa.za.a.ri.ga.to.u.
真是太麻煩你了。

▷ 感謝いたします。
ka.n.sha.i.ta.shi.ma.su.
誠心感謝。

▷ どうも失礼いたしました。
do.u.mo./shi.tsu.re.i.i.ta.shi.ma.shi.ta.
真不好意思麻煩你。

▷ すみませんでした。
su.mi.ma.se.n.de.shi.ta.
麻煩你了。

▷ 結構です。
ke.kko.de.su.
我可以自己來。

▷ 遠慮しておきます。
e.n.ryo.shi.te.o.ki.ma.su.
不了。

▷ お気持ちだけ頂戴いたします。
o.ki.mo.chi.da.ke.cho.u.da.i./i.ta.shi.ma.su.
你的好意我心領了。

●track 094

▷ ありがとう。
a.ri.ga.to.u.
謝啦。

▷ どうもご親切(しんせつ)に。
do.u.mo./go.shi.n.se.tsu.ni.
謝謝你的關心。

▷ どうも。お願(ねが)いします。
do.u.mo./o.ne.ga.i.shi.ma.su.
謝謝，麻煩你了。

▷ いいですか？
i.i.de.su.ka.
可以嗎？

▷ すいません。
su.i.ma.se.n.
不好意思。

●track 094

請對方不必客氣

▷ どういたしまして。
do.u.i.ta.shi.ma.shi.te.
不客氣。

▷ いいんですよ。
i.i.n.de.su.yo.
不用客氣。

▷ いいえ。
i.i.e.
沒什麼。

▷ こちらこそ。
ko.chi.ra.ko.so.
彼此彼此。

▷ こちらこそお世話（せわ）になります。
ko.chi.ra.ko.so./o.se.wa.ni.na.ri.ma.su.
我才是受你照顧了。

▷ そんなに気（き）を遣（つか）わないでください。
so.n.na.ni./ki.o.tsu.ka.wa.na.i.de./ku.da.sa.i.
不必那麼客氣。

▷ 光栄（こうえい）です。
ko.u.e.i.de.su.
這是我的榮幸。

▷ また機会（きかい）があったら是非（ぜひ）。
ma.ta./ki.ka.i.ga.a.tta.ra./ze.hi.
還有機會的話希望還能合作。

▷ 大（たい）したことじゃない。
ta.i.shi.ta.ko.to.ja.na.i.
沒什麼大不了的。

• track 095

▷ ほんのついでだよ。
ho.n.no.tsu.i.de.da.yo.
只是順便。

▷ 大(たい)したものでもありません。
ta.i.shi.ta.mo.no./de.mo.a.ri.ma.se.n.
不是什麼高級的東西。

▷ それはよかったです。
so.re.wa./yo.ka.tta.de.su.
那真是太好了。

▷ 喜(よろこ)んでいただけて、光栄(こうえい)です。
yo.ro.ko.n.de./i.ta.da.ke.te./ko.u.e.i.de.su.
您能感到高興，我也覺得很光榮。

•track 095

贊成

▷ そうですね。
so.u.de.su.ne.
就是說啊。

▷ 間違(まちが)いありません。
ma.chi.ga.i./a.ri.ma.se.n.
肯定是。

▷ おっしゃるとおりです。
o.ssha.ru.to.o.ri.de.su.
正如您所說的。

▷ 賛成(さんせい)です。
sa.n.se.i.de.su.
我完全同意你所說的。

▷ そう思(おも)います。
so.u.o.mo.i.ma.su.
那正是我所想的！

▷ もちろんです。
mo.chi.ro.n.de.su.
毫無疑問。

▷ なるほど。
na.ru.ho.do.
原來如此。

▷ そうとも言(い)えます。
so.u.to.mo.i.e.ma.su.
也可以這麼說。

▷ まったくです。
ma.tta.ku.de.su.
真的是。

•track 096

▷ 確かに。(たし)
ta.shi.ka.ni.
確實如此。

▷ はい。
ha.i.
好。

▷ 大賛成。(だいさんせい)
da.i.sa.n.se.i.
完全同意。

▷ いいね。
i.i.ne.
不錯唷！

▷ いいじゃん。
i.i.ja.n.
還不賴耶！

▷ 問題ないです。(もんだい)
mo.n.da.i.na.i.de.su.
沒問題。

▷ ですよね。
de.su.yo.ne.
就是說啊！

● track 096

反對

▷ さあ。
sa.a.
我不這麼認為。

▷ そうではありません。
so.u.de.wa./a.ri.ma.se.n.
不是這樣的。

▷ どうかな。
do.u.ka.na.
是這樣嗎？

▷ ちょっと違（ちが）うなあ。
cho.tto.chi.ga.u.na.a.
我不這麼認為。

▷ 賛成（さんせい）しかねます。
sa.n.se.i.shi.ka.ne.ma.su.
我無法苟同。

▷ 賛成（さんせい）できません。
sa.n.se.i.de.ki.ma.se.n.
我不贊成。

▷ 反対（はんたい）です。
ha.n.ta.i.de.su.
我反對。

▷ 言（い）いたいことは分（わ）かりますが。
i.i.ta.i.ko.to.wa./wa.ka.ri.ma.su.ga.
雖然你說的也有道理。

▷ 他（ほか）になにかありますか？
ho.ka.ni./na.ni.ka.a.ri.ma.su.ka.
還有其他說法嗎？

• track 097

▷ いいとは言(い)えません。
i.i.to.wa./i.e.ma.se.n.
我無法認同。

▷ そうじゃないです。
so.u.ja.na.i.de.su.
不是這樣的。

▷ どうだろうなあ。
do.u.da.ro.u.na.a.
不是吧！

▷ 無理(むり)です。
mu.ri.de.su.
不可能。

▷ だめだ。
da.me.da.
不可以。

▷ そうかなあ。
so.u.ka.na.a.
真是這樣嗎？

•track 097

情緒用語

▷ 嬉(うれ)しいです。
u.re.shi.i.de.su.
真開心。

▷ 気持(きも)ちが晴(は)れました。
ki.mo.chi.ga./ha.re.ma.shi.ta.
心情變得輕鬆多了。

▷ 面白(おもしろ)いです。
o.mo.shi.ro.i.de.su.
真是有趣啊！

▷ 助(たす)かりました。
ta.su.ka.ri.ma.shi.ta.
得救了。

▷ よかった！
yo.ka.tta.
太好了！

▷ ラッキー。
ra.kki.i.
真幸運！

▷ 悔(くや)しいです。
ku.ya.shi.i.de.su.
真不甘心！

▷ 困(こま)りました。
ko.ma.ri.ma.shi.ta.
真困擾。

▷ 情(なさ)けない。
na.sa.ke.na.i.
好丟臉。

track 098

▷ 残念(ざんねん)です。
za.n.ne.n.de.su.
太可惜了。

▷ お気(き)の毒(どく)です。
o.ki.no.do.ku.de.su.
我感到很遺憾。

▷ 胸(むね)がいっぱいになりました。
mu.ne.ga.i.ppa.i.ni./na.ri.ma.shi.ta.
有好多感觸。

▷ 落(お)ち込(こ)んでます。
o.chi.ko.n.de.ma.su.
心情低落。

▷ つまらない。
tsu.ma.ra.na.i.
真無聊。

▷ むかつく。
mu.ka.tsu.ku.
真是火大！

▷ 腹立(はらた)つ！
ha.ra.ta.tsu.
真氣人！

▷ うんざりします。
u.n.za.ri.shi.ma.su.
煩死了。

▷ もういいよ。
mo.u.i.i.yo.
我都膩了。

▷ 黙(だま)れ。
da.ma.re.
閉嘴！

•track 098

▷ びっくりしました。
bi.kku.ri.shi.ma.shi.ta.
嚇我一跳！

▷ 驚(おどろ)きました。
o.do.ro.ki.ma.shi.ta.
真是震驚。

▷ まさか。
ma.sa.ka.
不會吧！

• track 099

用餐

▷ お腹すきました。
o.na.ka.su.ki.ma.shi.ta.
我餓了！

▷ いただきます。
i.ta.da.ki.ma.su.
開動。

▷ お腹いっぱいです。
o.na.ka.i.ppa.i.de.su.
好飽啊。

▷ おかわりください。
o.ka.wa.ri.ku.da.sa.i.
再來一份。／再來一碗。

▷ 何か飲みに行きましょうか？
na.ni.ka./no.mi.ni./i.ki.ma.sho.u.ka.
要不要去喝一杯？

▷ ご飯を食べに行きましょうか？
go.ha.n.o./ta.be.ni./i.ki.ma.sho.u.ka.
要不要去吃飯？

▷ どのお店に入りましょうか？
do.no.o.mi.se.ni./ha.i.ri.ma.sho.u.ka.
要吃哪一家呢？

▷ ここにしましょうか？
ko.ko.ni.shi.ma.sho.u.ka.
就吃這一家吧！

▷ ご注文をうかがいます。
go.chu.u.mo.n.o./u.ka.ga.i.ma.su.
請問要點些什麼？

• track 099

▷ 日本料理(にほんりょうり)が好きです。

ni.ho.n.ryo.u.ri.ga./su.ki.de.su.

我喜歡日本料理。

▷ 一緒(いっしょ)に食(た)べましょうか？

i.ssho.ni.ta.be.ma.sho.u.ka.

你想一起用餐嗎？

▷ 何(なに)が食(た)べたいですか？

na.ni.ga.ta.be.ta.i.de.su.ka.

你想吃什麼？

▷ 先(さき)に食券(しょっけん)をお求(もと)めください。

sa.ki.ni./cho.kke.n.o./o.mo.to.me.ku.da.sa.i.

請先買餐券。

▷ お勧(すす)めは何(なん)ですか？

o.su.su.me.wa./na.n.de.su.ka.

你推薦什麼餐點？

▷ これをください。

ko.re.o.ku.da.sa.i.

請給我這個。

▷ あれと同(おな)じものをください。

a.re.to.o.na.ji.mo.no.o./ku.da.sa.i.

請給我和那個相同的東西。

▷ ごちそうになりました。

go.chi.so.u.ni./na.ri.ma.shi.ta.

我吃飽了。

▷ ごちそうさまでした。

go.chi.so.u.sa.ma.de.shi.ta.

我吃飽了。

• track 100

▷ おいしかったです。
o.i.shi.ka.tta.de.su.
真好吃。

▷ 何(なに)を頼(たの)みましょう？
na.ni.o./ta.no.mi.ma.sho.u.
要點什麼呢？

▷ すみません、スプーンをください。
su.mi.ma.se.n./su.pu.u.n.o./ku.da.sa.i.
不好意思，請給我湯匙。

▷ お弁当(べんとう)を持(も)ってきます。
o.be.n.to.u.o./mo.tte.ki.ma.su.
我有帶便當。

▷ 手(て)づかみで食(た)べないで。
te.zu.ka.mi.de./ta.be.na.i.de.
不要用手抓菜吃。

● track 100

拒絕

▷ 結構(けっこう)です。
ke.kko.u.de.su.
不必了。

▷ 手(て)が離(はな)せません。
te.ga./ha.na.se.ma.se.n.
現在無法抽身。

▷ 今間(いまま)に合(あ)っています。
i.ma.ma.ni.a.tte.i.ma.su.
我已經有了。(不用了)

▷ あいにく…。
a.i.ni.ku.
不巧…。

▷ 今日(きょう)はちょっと…。
kyo.u.wa./cho.tto.
今天可能不行。

▷ 遠慮(えんりょ)しておきます。
e.n.ryo.shi.te.o.ki.ma.su.
我拒絕。

▷ 遠慮(えんりょ)させていただきます。
e.n.ryo.sa.se.te./i.ta.da.ki.ma.su.
容我拒絕。

▷ 残念(ざんねん)ですが。
za.n.ne.n.de.su.ga.
可惜。

▷ また今度(こんど)。
ma.ta.ko.n.do.
下次吧。

• track 101

▷ お気持(きも)ちだけ頂戴(ちょうだい)いたします。
o.ki.mo.chi.da.ke./cho.u.da.i./i.ta.shi.ma.su.
好意我心領了。

▷ 苦手(にがて)です。
ni.ga.te.de.su.
我不太拿手。

▷ 勘弁(かんべん)してください。
ka.n.be.n.shi.te.ku.da.sa.i.
饒了我吧。

▷ 今(いま)取(と)り込(こ)んでいますので…。
i.ma./to.ri.ko.n.de.i.ma.su.no.de.
現在正巧很忙。

▷ それは…。
so.re.wa.
這…。

▷ すみません。
su.mi.ma.se.n.
對不起。

▷ もういいです。
mo.u.i.i.de.su.
不必了。

▷ 次(つぎ)の機会(きかい)にね。
tsu.gi.no.ki.ka.i.ni.ne.
下次吧。

▷ だめだよ。
da.me.da.yo.
不可以。

▷ 用事(ようじ)があります。
yo.u.ji.ga./a.ri.ma.su.
我剛好有事。

• track 101

▷ 考(かんが)えておきます。

ka.n.ga.e.te./o.ki.ma.su.

讓我考慮一下。

▷ 悪(わる)いんですけど…。

wa.ru.i.n.de.su.ke.do.

真不好意思…。

▷ お断(ことわ)りします。

o.ko.to.wa.ri.shi.ma.su.

容我拒絕。

▷ わたしにはできません。

wa.ta.shi.ni.wa./de.ki.ma.se.n.

我辦不到。

•track 102

戀愛

▷ 好(す)きです。
su.ki.de.su.
我喜歡你。

▷ 愛(あい)してるよ。
a.i.shi.te.ru.yo.
我愛你。

▷ 付(つ)き合(あ)ってください。
tsu.ki.a.tte.ku.da.sa.i.
請和我交往。

▷ チューしたい。
chu.u.shi.ta.i.
我想親你。

▷ 結婚(けっこん)してください。
ke.kko.n.shi.te.ku.da.sa.i.
請和我結婚。

▷ 花(はな)さんをお嫁(よめ)にください。
ha.na.sa.n.o./o.yo.me.ni./ku.da.sa.i.
請把小花嫁給我。

▷ 好(す)きな人(ひと)ができた。
su.ki.na.hi.to.ga./de.ki.ta.
我有喜歡的人了。

▷ ずっと奈々子(ななこ)ちゃん一筋(ひとすじ)です。
zu.tto./na.na.ko.cha.n./hi.to.su.ji.de.su.
我心裡只有奈奈子。

▷ 可南子(かなこ)じゃなきゃダメなんだ。
ka.na.ko.ja.na.kya./da.me.na.n.da.
非可南子不要。

• track 102

▷ 別（わか）れましょう。
wa.ka.re.ma.sho.u.
分手吧！

▷ ほかに好（す）きな人（ひと）がいる？
ho.ka.ni./su.ki.na.hi.to.ga./i.ru.
你有喜歡的人嗎？

▷ 一緒（いっしょ）にいようよ。
i.ssho.ni.i.yo.u.yo.
在一起吧！

▷ あなたのこと好（す）きになっちゃったみたい。
a.na.ta.no.ko.to./su.ki.ni.na.ccha.tta./mi.ta.i.
我好像喜歡上你了。

▷ デートしてもらえないかな。
de.e.to.shi.te./mo.ra.e.na.i.ka.na.
可以和我約會嗎？

▷ 一緒（いっしょ）にいるだけでいい。
i.ssho.ni.i.ru.da.ke.de./i.i.
只要和你在一起就夠了。

▷ ごめんなさい。
go.me.n.na.sa.i.
對不起。

▷ あなたのこと信（しん）じます。
a.na.ta.no.ko.to./shi.n.ji.ma.su.
我相信你。

▷ わたしがよければ。
wa.ta.shi.ga./yo.ke.re.ba.
如果我可以的話。

●track 103

▷ どんな人ですか。
do.n.na.hi.to.de.su.ka.
是怎麼樣的人？

▷ 大嫌いです。
da.i.ki.ra.i.de.su.
最討厭了。

▷ 友達でいよう。
to.mo.da.chi.de.i.yo.u.
當朋友就好。

▷ メールも電話もしないで。
me.e.ru.mo./de.n.wa.mo./shi.na.i.de.
不要再寄 mail 或打電話來了。

▷ わたしも。
wa.ta.shi.mo.
我也是。

▷ 彼氏がいるんだ。
ka.re.shi.ga.i.ru.n.da.
我有男友了。

▷ 彼女がいるんだ。
ka.no.jo.ga.i.ru.n.da.
我有女友了。

▷ 今まで通り友達でいてください。
i.ma.ma.de.to.o.ri./to.mo.da.chi.de.i.te./ku.da.sa.i.
像現在這樣當朋友就好。

▷ 中島君はいい人なんだけど…。
na.ka.shi.ma.ku.wa./i.i.hi.to.na.n.da.ke.do.
中島你是好人，但是…。

• track 103

▷ いいよ。

i.i.yo.

我答應你。

▷ 考(かんが)えさせて。

ka.n.ga.e.sa.se.te.

讓我考慮一下。

▷ お兄(にい)さんって思(おも)ってた。

o.ni.i.sa.n.tte./o.mo.tte.ta.

我一直把你當成哥哥。

驚嚇

▷ 本当（ほんとう）？

ho.n.to.u.

真的假的？

▷ 信（しん）じられない！

shi.n.ji.ra.re.na.i.

真不敢相信！

▷ これは大変（たいへん）！

ko.re.wa./ta.i.he.n.

這可糟了！

▷ 危（あぶ）ない！

a.bu.na.i.

危險！

▷ 冗談（じょうだん）だろう？

jo.u.da.n.da.ro.u.

開玩笑的吧？

▷ びっくりした！

bi.kku.ri.shi.ta.

嚇我一跳！

▷ うっそー！

u.sso.o.

騙人！

▷ マジで？

ma.ji.de.

真的嗎？

▷ 心臓（しんぞう）に悪（わる）いよ。

shi.n.zo.u.ni.wa.ru.i.yo.

對心臟不好。

• track 104

▷ まさか！

ma.sa.ka.

不會吧！

▷ そんなばかな。

so.n.na.ba.ka.na.

哪有這種蠢事。

▷ 不思議（ふしぎ）だ。

fu.shi.gi.da.

真神奇。

▷ あれ？

a.re.

欸？

▷ へえ。

he.e.

是喔。

▷ がっかり。

ga.kka.ri.

真失望。

▷ まいった。

ma.i.tta.

敗給你了。

▷ もう終（お）わりだ。

mo.u.o.wa.ri.da.

一切都完了。

▷ めんどくさい。

me.n.do.ku.sa.i.

真麻煩！

▷ ショック！

sho.kku.

大受打擊！

▷ 期待(きたい)してたのに。

ki.ta.i.shi.te.ta.no.ni.

虧我還很期待。

▷ 失望(しつぼう)だな。

shi.tsu.bo.u.da.na.

真失望。

▷ もう限界(げんかい)だ。

mo.u./ge.n.ka.i.da.

不行了！

▷ お手上(てあ)げだね。

o.te.a.ge.da.ne.

我無能為力了。

▷ 残念(ざんねん)だね。

za.n.ne.n.da.ne.

真可惜。

•track 105

請求幫助

▷ お願いします。
o.ne.ga.i.shi.ma.su.
拜託你了。

▷ 頼むから。
ta.no.mu.ka.ra.
拜託啦！

▷ 一生のお願い。
i.ssha.u.no.o.ne.ga.i.
一生所願。

▷ 助けて！
ta.zu.ke.te.
請幫我。

▷ チャンスをください。
cha.n.su.o.ku.da.sa.i.
請給我一個機會。

▷ 手伝っていただけませんか？
te.tsu.da.tte./i.ta.da.ke.ma.se.n.ka.
請你幫我一下。

▷ 頼りにしてるよ。
ta.yo.ri.ni.shi.te.ru.yo.
拜託你了。

▷ お願いがあるんだけど。
o.ne.ga.i.ga./a.ru.n.da.ke.do.
有件事想請你幫忙。

▷ 手を貸してくれる？
te.o.ka.shi.te.ku.re.ru.
可以幫我一下嗎？

●track 106

▷ してもらえませんか？
shi.te.mo.ra.e.ma.se.n.ka.
可以幫我做…嗎？

▷ ヒントをちょうだい。
hi.n.to.o.cho.u.da.i.
給我點提示。

▷ いま、よろしいですか？
i.ma./yo.ro.shi.i.de.su.ka.
現在有空嗎？

▷ お時間（じかん）いただけますか？
o.ji.ka.n./i.ta.da.ke.ma.su.ka.
可以耽誤你一點時間嗎？

▷ すぐ済（す）むからお願（ねが）い。
su.gu.su.mu.ka.ra./o.ne.ga.i.
很快就好了，拜託啦！

基本句型

● track 107

しないで。

shi.na.i.de.

不要這做樣做。

說明 「しないで」是表示禁止的意思，也就是請對方不要進行這件事的意思。若是聽到對方說這句話，就代表自己已經受到警告了。

會話練習

A ね、一緒(いっしょ)に遊(あそ)ばない？
ne./i.ssho.ni.a.so.ba.na.i.
要不要一起來玩？

B 今勉強中(いまべんきょうちゅう)なの、邪魔(じゃま)しないで。
i.ma/be.n.kyo.u.chu.u.na.no./ja.ma.shi.na.i.de.
我正在念書，別煩我！

例 誤解(ごかい)しないで。
go.ka.i.shi.na.i.de.
別誤會。

くよくよしないで。
ku.yo.ku.yo.shi.na.i.de.
別煩惱了。

心配(しんぱい)しないでください。
shi.n.pa.i.shi.na.i.de./ku.da.sa.i.
別擔心。

●track 107

気(き)にしない。

ki.ni.shi.na.i.

別在意。

說明 「気にする」是在意的意思，「気にしない」是其否定形，也就是不在意的意思，用來叫別人不要在意，別把事情掛在心上。另外也用來告訴對方，自己並不在意，請對方不必感到不好意思。

會話練習

A また失敗(しっぱい)しちゃった。
ma.ta./shi.ppa.i.shi.cha.tta.
又失敗了！

B 気(き)にしない、気(き)にしない。
ki.ni.shi.na.i./ki.ni.shi.na.i.
別在意，別在意。

例 わたしは気(き)にしない。
wa.ta.shi.wa./ki.ni.shi.na.i.
我不在意。／沒關係。

誰(だれ)も気(き)にしない。
da.re.mo.ki.ni.shi.na.i.
沒人注意到。

気(き)にしないでください。
ki.ni.shi.na.i.de./ku.da.sa.i.
請別介意。

• track 108

だめ。
da.me.
不行。

說明 這個關鍵字也是禁止的意思，但是語調更強烈，常用於長輩警告晚輩的時候。此外也可以用形容一件事情已經無力回天，再怎麼努力都是枉然的意思。

會話練習

A ここに座(すわ)ってもいい？
ko.ko.ni./su.wa.tte.mo.i.i.
可以坐這裡嗎？

B だめ！
da.me.
不行！

例 だめです！
da.me.de.su.
不可以。

だめだ！
da.me.da.
不准！

だめ人間(にんげん)。
da.me.ni.n.ge.n.
沒用的人。

•track 108

気をつけて。

ko.o.tsu.ke.te.

小心。

想要叮嚀、提醒對方的時候使用，這句話有請對方小心的意思。但也有「給我打起精神！」「注意！」的意思。

會話練習

A 行ってきます。
i.tte.ki.ma.su.
我出門囉！

B 行ってらっしゃい。車に気をつけてね。
i.tte.ra.sha.i./ku.ru.ma.ni./ki.o.tsu.ke.te.ne.
慢走，小心車子喔。

例 熱いから気をつけてね。
a.tsu.i.ka.ra./ki.o.tsu.ke.te.ne.
小心燙。

気をつけてください。
ki.o.tsu.ke.te./ku.da.sa.i.
請小心。

気をつけなさい。
ki.o.tsu.ke.na.sa.i.
請注意。

• track 109

任せて。

ma.ka.se.te.

交給我。

說明 被交付任務，或者是請對方安心把事情給自己的時候，可以用這句話來表示自己很有信心可以把事情做好。

會話練習

A 仕事をお願いしてもいいですか？
shi.go.to.o./o.ne.ga.i.shi.te.mo./i.i.de.su.ka.
可以請你幫我做點工作嗎？

B 任せてください。
ma.ka.se.te./ku.da.sa.i.
交給我吧。

例 いいよ、任せて！
i.i.yo./ma.ka.se.te.
好啊，交給我。

運を天に任せて。
u.n.o./te.n.ni.ma.ka.se.te.
交給上天決定吧！

• track 109

頑張って。

ga.n.ba.tte.

加油。

說明 為對方加油打氣，請對方加油的時候，可以用這句話來表示自己支持的心意。

會話練習

A 今日から仕事を頑張ります。
kyo.u.ka.ra./shi.go.to.o./ga.n.ba.ri.ma.su.
今天工作上也要加油！

B うん、頑張って！
u.n./ga.n.ba.tte.
嗯，加油！

例 頑張ってください。
ga.n.ba.tte./ku.da.sa.i.
請加油。

頑張ってくれ！
ga.n.ba.tte.ku.re.
給我努力點！

●track 110

時間(じかん)ですよ。

ji.ka.n.de.su.yo.

時間到了。

說明 這句話是「已經到了約定的時間了」的意思。有提醒自己和提醒對方的意思，表示是時候該做某件事了。

會話練習

A もう時間(じかん)ですよ。行(い)こうか。
mo.u.ji.ka.n.de.su.yo./i.ko.u.ka.
時間到了，走吧！

B ちょっと待(ま)って。
cho.tto.ma.tte.
等一下。

例 もう寝(ね)る時間(じかん)ですよ。
mo.u./ne.ru.ji.ka.n.de.su.yo.
睡覺時間到了。

もう帰(かえ)る時間(じかん)ですよ。
mo.u./ka.e.ru.ji.ka.n.de.su.yo.
回家時間到了。

●track 110

案内(あんない)。

a.n.na.i.

介紹。

說明 在日本旅遊時，常常可以看到「案内所」這個字，就是「詢問處」「介紹處」的意思。要為對方介紹，或是請對方介紹的時候，就可以用「案内」這個關鍵字。

會話練習

A よろしかったら、ご案内(あんない)しましょうか？
yo.ro.shi.ka.tta.ra./go.a.n.na.i./shi.ma.sho.u.ka.
可以的話，讓我幫你介紹吧！

B いいですか？じゃ、お願(ねが)いします。
i.i.de.su.ka./ja./o.ne.ga.i.shi.ma.su.
這樣好嗎？那就麻煩你了。

例 道(みち)をご案内(あんない)します。
mi.chi.o./go.a.n.na.i.shi.ma.su.
告知路怎麼走。

案内(あんない)してくれませんか？
a.n.na.i.shi.te./ku.re.ma.se.n.ka.
可以幫我介紹嗎？

● track 111

友達(ともだち)でいよう。

to.mo.da.chi.de.i.yo.u.

當朋友就好。

說明 「～でいよう」就是處於某一種狀態就好。像是「友達でいよう」就是處於普通朋友的狀態就好，不想再進一步交往的意思。

會話練習

A 藍(あい)ちゃんのことが好(す)きだ！

a.i.cha.n.no.ko.to.ga./su.ki.da.

我喜歡小藍。

B ごめん、やっぱり友達(ともだち)でいようよ。

go.me.n./ya.ppa.ri./to.mo.da.chi.de.i.yo.u.yo.

對不起，還是當朋友就好。

例 笑顔(えがお)でいようよ。

e.ga.o.de.i.yo.u.yo.

保持笑容。

健康(けんこう)でいようよ。

ke.n.ko.u.de.i.yo.u.yo.

保持健康。

•track 111

危(あぶ)ない！

ba.bu.na.i.

危險！／小心！

說明 遇到危險的狀態的時候，用這句話可以提醒對方注意。另外過去式的「危なかった」也有「好險」的意思，用在千鈞一髮的狀況。

會話練習

A 危(あぶ)ないよ、近寄(ちかよ)らないで。
a.bu.na.i.yo./chi.ka.yo.ra.na.i.de.
很危險，不要靠近。

B 分(わ)かった。
wa.ka.tta.
我知道了。

例 不況(ふきょう)で会社(かいしゃ)が危(あぶ)ない。
fu.kyo.u.de./ka.i.sha.ga./a.bu.na.i.
不景氣的關係，公司的狀況有點危險。

道路(どうろ)で遊(あそ)んでは危(あぶ)ないよ。
do.ro.u.de./a.so.n.de.wa./a.bu.na.i.yo.
在路上玩很危險。

危(あぶ)ないところを助(たす)けられた。
a.bu.na.i.to.ko.ro.o./ta.su.ke.ra.re.ta.
在千鈞一髮之際得救了。

• track 112

やめて。

ya.me.te.

停止。

說明 要對方停止再做一件事的時候，可以用這個詞來制止對方。但是通常會用在平輩或晚輩身上，若是對尊長說的時候，則要說「勘弁してください」。

會話練習

A 変(へん)な虫(むし)を見(み)せてあげる。
he.n.na.mu.shi.o./mi.se.te.a.ge.ru.
給你看隻怪蟲。

B やめてよ。気持(きも)ち悪(わる)いから。
ya.me.te.yo./ki.mo.chi.wa.ru.i.ka.ra.
不要這樣，很噁心耶！

例 やめてください。
ya.me.te.ku.da.sa.i.
請停止。

まだやめてない？
ma.da./ya.me.te.na.i.
還不放棄嗎？

• track 112

しなさい。

shi.na.sa.i.

請做。

說明 要命令別人做什麼事情的時候，用這個關鍵字表示自己強硬的態度。通常用在熟人間，或長輩警告晚輩時。

會話練習

A 洗濯（せんたく）ぐらいは自分（じぶん）でしなさいよ。
se.n.ta.ku.gu.ra.i.wa./ji.bu.n.de.shi.na.sa.i.yo.
洗衣服這種小事麻煩你自己做好嗎。

B はいはい、分（わ）かった。
ha.i.ha.i./wa.ka.tta.
好啦好啦，我知道了。

例 しっかりしなさいよ。
shi.kka.ri.shi.na.sa.i.yo.
請振作點。

早（はや）くしなさい。
ha.ya.ku.shi.na.sa.i.
請快點。

ちゃんとしなさい。
cha.n.to.shi.na.sa.i.
請好好做。

● track 113

ちゃんと。

cha.n.to.

好好的。

說明 要求對方好好做一件事情的時候，就會用「ちゃんと」來表示。另外有按部就班仔細的完成事情時，也可以用這個字來形容。

會話練習

A 前(まえ)を向(む)いてちゃんと座(すわ)りなさい。
ma.e.o.mu.i.te./cha.n.to./su.wa.ri.na.sa.i.
請面向前坐好。

B はい。
ha.i.
好。

例 ちゃんと仕事(しごと)をしなさい。
cha.n.to./shi.go.to.o./shi.na.sa.i.
請好好工作。

用意(ようい)はちゃんとできている。
yo.u.i.wa./cha.n.to./de.ki.te.i.ru.
準備得很週全。

●track 113

考(かんが)えすぎないほうがいいよ。

ka.n.ga.e.su.gi.na.i./ho.u.ga.i.i.yo.

別想太多比較好。

說明 「～ほうがいい」帶有勸告的意思，就像中文裡的「最好～」。要提出自己的意見提醒對方的時候，可以用這個句子。

會話練習

A あまり考(かんが)えすぎないほうがいいよ。
a.ma.ri./ka.n.ga.e.su.gi.na.i./ho.u.ga.i.i.yo.
不要想太多比較好。

B うん、なんとかなるからね。
u.n./na.n.to.ka.na.ru.ka.ra.ne.
嗯，船到橋頭自然直嘛。

例 食(た)べすぎないほうがいいよ。
ta.be.su.gi.na.i./ho.u.ga.i.i.yo.
最好別吃太多。

行(い)かないほうがいいよ。
i.ka.na.i./ho.u.ga.i.i.yo.
最好別去。

言(い)ったほうがいいよ。
i.tta./ho.u.ga.i.i.yo.
最好說出來。

• track 114

やってみない？

ya.tte.mi.na.i.

要不要試試？

說明 建議對方要不要試試某件事情的時候，可以用這個句子來詢問對方的意願。

會話練習

A 大きい仕事の依頼が来たんだ。やってみない？
o.o.ki.i.shi.go.to.no.i.ra.i.ga./ki.ta.n.da./ya.tte.mi.na.i.
有件大工程，你要不要試試？

B はい、是非やらせてください。
ha.i./ze.hi.ya.ra.se.te./ku.da.sa.i.
好的，請務必交給我。

例 食べてみない？
ta.be.te.mi.na.i.
要不要吃吃看？

してみない？
shi.te.mi.na.i.
要不要試試？

●track 114

あげる。

a.ge.ru.

給你。

說明 「あげる」是給的意思，也有「我幫你做～吧！」的意思，帶有上對下講話的感覺。

會話練習

A これ、あげるわ。
ko.re./a.ge.ru.wa.
這給你。

B わあ、ありがとう。
wa.a./a.ri.ga.to.u.
哇，謝謝。

會話練習

A もっと上手（じょうず）になったら、ピアノを買（か）ってあげるよ。
mo.tto.jo.u.zu.ni./na.tta.ra./pi.a.no.o./ka.tte.a.ge.ru.yo.
要是你彈得更好了，我就買鋼琴給你。

B うん、約束（やくそく）してね。
u.n./ya.ku.so.ku.shi.te.ne.
嗯，一言為定喔！

• track 115

落ち着いて。

o.chi.tsu.i.te.

冷靜下來。

說明 當對方心神不定，或是怒氣沖沖的時候，要請對方冷靜下來好好思考，可以說「落ち着いて」。而小朋友坐立難安，跑跑跳跳時，也可以用這句話請他安靜下來。此外也帶有「落腳」、「平息下來」的意思。

會話練習

A もう、これ以上我慢できない！
mo.u./ko.re.i.jo.u./ga.ma.n.de.ki.na.i.
我忍無可忍了！

B 落ち着いてよ。怒っても何も解決しないよ。
o.chi.tsu.i.te.yo./o.ko.tte.mo./na.ni.mo./ka.i.ke.tsu.shi.na.i.yo.
冷靜點，生氣也不能解決問題啊！

例 落ち着いて話してください。
o.chi.tsu.i.te./ha.na.shi.te.ku.da.sa.i.
冷靜下來慢慢說。

田舎に落ち着いてもう五年になる。
i.na.ka.ni./o.chi.tsu.i.te./mo.u.go.ne.n.ni.na.ru.
在鄉下落腳已經五年了。

世の中が落ち着いてきた。
yo.no.na.ka.ga./o.chi.tsu.i.te.ki.ta.
社會安定下來了。

• track 115

出(だ)して。

da.shi.te.

提出。

說明 「出して」是交出作業、物品的意思，但也可以用在無形的東西，像是勇氣、信心、聲音……等。

會話練習

A ガイド試験(しけん)を受(う)けましたが、落(お)ちました。
ga.i.do.shi.ke.n.o./u.ke.ma.shi.ta.ga./o.chi.ma.shi.ta.
我去參加導遊考試，但沒有合格。

B 元気(げんき)を出(だ)してください。
ge.n.ki.o./da.shi.te./ku.da.sa.i.
打起精神來。

例 勇気(ゆうき)を出(だ)して。
yu.u.ki.o./da.shi.te.
拿出勇氣來。

声(こえ)を出(だ)して。
ko.e.o./da.shi.te.
請大聲一點。

●track 116

いい。

i.i.

好。

說明 覺得一件事物很好，可以在該名詞前面加上「いい」，來表示自己的正面評價。除了形容事物之外，也可以用來形容人的外表、個性。

會話練習

A 飲(の)みに行(い)かない？

no.mi.ni.i.ka.na.i.

要不要去喝一杯？

B いいよ。

i.i.yo.

好啊。

例 いいです。

i.i.de.su.

好啊。

これでいいですか？

ko.re.de.i.i.de.su.ka.

這樣真不錯！

いい人(ひと)です。

i.i.hi.to.de.su.

是好人。

• track 116

待ち遠しい。

ma.chi.do.o.shi.i.

迫不及待。

說明 「待ち遠しい」帶有「等不及」的意思，也就是期待一件事物，十分的心急，但是時間又還沒到，既焦急又期待的感覺。

會話練習

A 給料日が待ち遠しいなあ。

kyu.u.ryo.u.bi.ga./ma.chi.do.o.shi.i.na.a.

真想快到發薪水的日子耶！

B そうだよ。

so.u.da.yo.

就是說啊。

例 彼の帰りが待ち遠しい。

ka.re.no.ka.e.ri.ga./ma.chi.do.o.shi.i.

真希望他快回來。

夜の明けるのが待ち遠しい。

yo.ru.no.a.ke.ru.no.ga./ma.chi.do.o.shi.i.

等不及想看到天亮。

•track 117

苦手(にがて)。

ni.ga.te.

不喜歡。／不擅長。

說明 當對於一件事不拿手，或是束手無策的時候，可以用這個詞來表達。另外像是不敢吃的東西、害怕的人……等，也都可以用這個詞。

會話練習

A わたし、運転(うんてん)するのはどうも苦手(にがて)だ。
wa.ta.shi./u.n.te.n.su.ru.no.wa./do.u.mo.ni.ga.te.da.
我實在不太會開車。

B わたしも。怖(こわ)いから。
wa.ta.shi.mo./ko.wa.i.ka.ra.
我也是，因為開車是件可怕的事。

會話練習

A 泳(およ)がないの？
o.yo.ga.na.i.no.
你不游嗎？

B わたし、水(みず)が苦手(にがて)なんだ。
wa.ta.shi./mi.zu.ga.ni.ga.te.na.n.da.
我很怕水。

● track 117

よくない。

yo.ku.na.i.

不太好。

說明 日本人講話一向都以委婉、含蓄為特色，所以在表示自己不同的意見時，也不會直說。要是覺得不妥的話，很少直接說「だめ」，而是會用「よくない」來表示。而若是講這句話時語尾的音調調高，則是詢問對方覺得如何的意思。

會話練習

A 見(み)て、このワンピース。これよくない？
mi.te./ko.no.wa.n.pi.i.su./ko.re.yo.ku.na.i.
你看，這件洋裝，很棒吧！

B うん…。まあまあだなあ。
u.n./ma.a.ma.a.da.na.a.
嗯，還好吧！

例 盗撮(とうさつ)はよくないよ。
to.u.sa.tsu.wa./yo.ku.na.i.yo.
偷拍是不好的行為。

一人(ひとり)で行(い)くのはよくないですか？
hi.to.ri.de.i.ku.no.wa./yo.ku.na.i.de.su.ka.
一個人去不是很好嗎？

● track 118

できない。

de.ki.na.i.

辦不到。

說明 「できる」是辦得到的意思，而「できない」則是否定形，也就是辦不到的意思。用這兩句話，可以表示自己的能力是否能夠辦到某件事。

會話練習

A 一人(ひとり)でできないよ、手伝(てつだ)ってくれない？
ih.to.ri.de./de.ki.na.i.yo./te.tsu.da.tte.ku.re.na.i.
我一個人辦不到，你可以幫我嗎？

B いやだ。
i.ya.da.
不要。

會話練習

A ちゃんと説明(せつめい)してくれないと納得(なっとく)できません。
cha.n.to./se.tsu.me.i.shi.te.ku.re.na.i.to./na.tto.ku.de.ki.ma.se.n.
你不好好說明的話，我沒有辦沒接受。

B 分(わ)かりました。では、このレポートを見(み)てください…。
wa.ka.ri.ma.shi.ta./de.wa./ko.no.re.po.o.to.o./mi.te.ku.da.sa.i.
了解。那麼，就請你看看這份報告。

● track 118

おもしろ
面白そうです。
o.mo.shi.ro.so.u.de.su.

好像很有趣。

「面白い」是有趣的意思，而「面白そう」則是「好像很有趣」之意。在聽到別人的形容或是自己看到情形時，可以用這句話表示自己很有興趣參與。

會話練習

もみじがり　い
A　みんなで紅葉狩りに行きませんか？
mi.n.na.de./mo.mi.ji.ka.ri.ni./i.ki.ma.se.n.ka.
大家一起去賞楓吧！

おもしろ
B　面白そうですね。
o.mo.shi.ro.so.u.de.su.ne.
好像很有趣呢！

例　おいしそう！
o.i.shi.so.u.
好像很好吃。

むずか
難しそうです。
mu.zu.ka.shi.so.u.de.su.
好像很難。

やく　た
お役に立てそうにもありません。
o.ya.ku.ni./ta.te.so.u.ni.mo./a.ri.ma.se.n.
看來一點都沒用。

• track 119

好(す)きです。

su.ki.de.su.

喜歡。

說明 無論是對於人、事、物，都可用「好き」來表示自己很中意這樣東西。用在形容人的時候，有時候也有「愛上」的意思，要注意使用的對象喔！

會話練習

A 作家(さっか)で一番(いちばん)好(す)きなのは誰(だれ)ですか？
sa.kka.de./i.chi.ba.n.su.ki.na.no.wa./da.re.de.su.ka.
你最喜歡的作家是誰？

B 奥田英朗(おくだひでお)が大好(だいす)きです。
o.ku.da.hi.de.o.ga./da.i.su.ki.de.su.
我最喜歡奧田英朗。

例 愛子(あいこ)ちゃんのことが好(す)きだ！
a.i.cha.n.no.ko.to.ga./su.ki.da.
我最喜歡愛子了。

日本料理(にほんりょうり)が大好き！
ni.ho.n.ryo.u.ri.ga./da.i.su.ki.
我最喜歡日本菜。

泳(およ)ぐことが好(す)きです。
o.yo.gu.ko.to.ga./su.ki.de.su.
我喜歡游泳。

• track 119

嫌(きら)いです。

ki.ra.i.de.su.

不喜歡。

說明 相對於「好き」，「嫌い」則是討厭的意思，不喜歡的人、事、物，都可以用這個字來形容。

會話練習

A 苦手(にがて)なものは何(なん)ですか？
ni.ga.te.na.mo.no.wa./na.n.de.su.ka.
你不喜歡什麼東西？

B 虫(むし)です。わたしは虫(むし)が嫌(きら)いです。
mu.shi.de.su./wa.ta.shi.wa./mu.shi.ga./ki.ra.i.de.su.
昆蟲。我討厭昆蟲。

例 負(ま)けず嫌(ぎら)いです。
ma.ke.zu.gi.ra.i.de.su.
好強。／討厭輸。

おまえなんて大嫌(だいきら)いだ！
o.ma.e.na.n.te./da.i.ki.ra.i.da.
我最討厭你了！

●track 120

うまい。

u.ma.i.

好吃。／很厲害。

說明 覺得東西很好吃的時候，除了用「おいしい」之外，也可以用「うまい」這個詞。另外形容人做事做得很好，像是歌唱得很好、球打得很好，都可以用這個詞來形容。

會話練習

A いただきます。わあ！このトンカツ、うまい！
i.ta.da.ki.ma.su./wa.a./ko.no.to.n.ka.tsu./u.ma.i.
開動了！哇，這炸豬排好好吃！

B ありがとう。
a.ri.ga.to.u.
謝謝。

會話練習

A あの歌手（かしゅ）、歌（うた）がうまいですね。
a.no.ka.shu./u.ta.ga./u.ma.i.de.su.ne.
這位歌手唱得真好耶！

B そうですね。
so.u.de.su.ne.
對啊。

• track 120

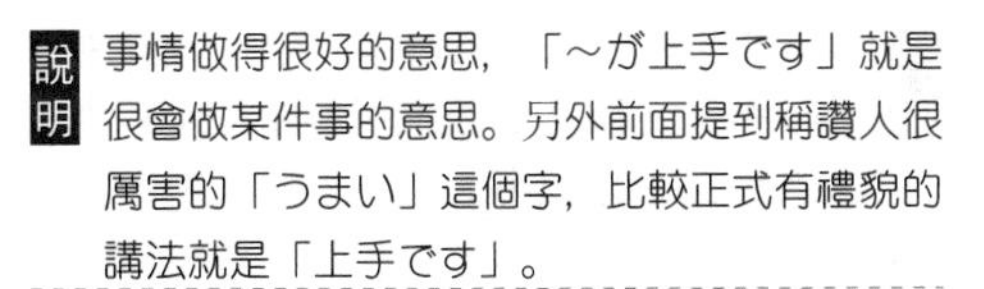

說明 事情做得很好的意思，「～が上手です」就是很會做某件事的意思。另外前面提到稱讚人很厲害的「うまい」這個字，比較正式有禮貌的講法就是「上手です」。

會話練習

A 日本語(にほんご)が上手(じょうず)ですね。
ni.ho.n.go.ga./jo.u.zu.de.su.ne.
你的日文真好呢！

B いいえ、まだまだです。
i.i.e./ma.da.ma.da.de.su.
不，還差得遠呢！

例 字(じ)が上手(じょうず)ですね。
ji.ga./jo.u.zu.de.su.ne.
字寫得好漂亮。

お上手(じょうず)を言(い)う。
o.jo.u.zu.o.i.u.
說得真好。／真會說。

• track 121

下手(へた)。

he.ta.

不擅長。／笨拙。

說明 事情做得不好，或是雖然用心做，還是表現不佳的時候，就會用這個詞來形容，也可以用來謙稱自己的能力尚不足。

會話練習

A 前田(まえだ)さんの趣味(しゅみ)は何(なん)ですか？
ma.e.da.sa.n.no.shu.mi.wa./na.n.de.su.ka.
前田先生的興趣是什麼？

B 絵(え)が好(す)きですが、下手(へた)の横好(よこず)きです。
e.ga.su.ki.de.su.ga./he.ta.no.yo.ko.zu.ki.de.su.
我喜歡畫畫，但還不太拿手。

例 料理(りょうり)が下手(へた)だ。
ryo.u.ri.ga./he.ta.da.
不會作菜。

下手(へた)な言(い)い訳(わけ)はよせよ。
he.ta.na.i.i.wa.ke.wa./yo.se.yo.
別說這些爛理由了。

●track 121

言いにくい。

i.i.ni.ku.i.

很難說。

說明 「～にくい」是表示「很難～」的意思，「～」的地方可以放上動詞。像是「分かりにくい」就是「很難懂」的意思，而「みにくい」就是「很難看」的意思。

會話練習

A 大変言いにくいんですが。
ta.i.he.n./i.i.ni.ku.i.n.de.su.ga.
真難說出口。

B なんですか？どうぞおっしゃってください。
na.n.de.su.ka./do.u.zo.o.sha.tte.ku.da.sa.i.
什麼事？請說吧！

例 食べにくいです。
ta.be.ni.ku.i.de.su.
真不方便吃。

住みにくい町だ。
su.mi.ni.ku.i.ma.chi.da.
不適合居住的城市。

• track 122

分(わ)かりやすい。

wa.ka.ri.ya.su.i.

很容易懂。

說明 「～やすい」就是「很容易～」的意思，「～」的地方可以放上動詞。例如「しやすい」就是很容易做到的意思。

會話練習

A この辞書(じしょ)がいいと思(おも)う。
ko.ni.ji.sho.ga.i.i.to./o.mo.u.
我覺得這本字典很棒。

B 本当(ほんとう)だ。なかなか分(わ)かりやすいね。
ho.n.to.u.da./na.ka.na.ka./wa.ka.ri.ya.su.i.ne.
真的耶！很淺顯易懂。

例 この掃除機(そうじき)は使(つか)いやすいです。
ko.no.so.u.ji.ki.wa./tsu.ka.i.ya.su.i.de.su.
這臺吸塵器用起來很方便。

他人(たにん)を信(しん)じやすい性格(せいかく)。
ta.ni.n.o./shi.n.ji.ya.su.i./se.i.ka.ku.
容易相信別人的個性。

●track 122

気に入って。

ki.ni.i.tte.

很中意。

說明 在談話中，要表示自己很喜歡某樣東西、很在意某個人、很喜歡做某件事時，都能用這個字來表示。

會話練習

A これ、手作りの手袋です。気に入っていただけたらうれしいです。

ko.re./te.zu.ku.ri.no./te.bu.ku.ro.de.su./ki.ni.i.tte.i.ta.da.ke.ta.ra./u.re.shi.i.de.su.

這是我自己做的手套。如果你喜歡的話就好。

B ありがとう。かわいいです。

a.ri.ga.to.u./ka.wa.i.i.de.su.

謝謝。真可愛耶！

例 気に入ってます。

ki.ni.i.tte.ma.su.

中意。

そんなに気に入ってない。

so.n.na.ni./ki.ni.i.tte.na.i.

不是那麼喜歡。

●track 123

みたい。

mi.ta.i.

像是。

說明 根據所看到、聽到的情報，有了一些猜想，而要表示心中的推測時，就用「みたい」來表達自己的意見。

會話練習

A 今日はいい天気ですね。
kyo.u.wa./i.i.te.n.ki.de.su.ne.
今天天氣真好呢！

B そうですね。暖かくて春みたいです。
so.u.de.su.ne./a.ta.ta.ka.ku.te./ha.ru.mi.ta.i.de.su.
對啊，暖呼呼的就像春天一樣。

例 子供みたいなことを言うな。
ko.do.mo.mi.ta.i.na.ko.to.o./i.u.na.
別說這麼孩子氣的話！

顔が女みたい。
ka.o.ga./o.n.na.mi.ta.i.
臉很像女的。

この仕事のために生まれてきたみたいだね。
ko.no.shi.go.to.no.ta.me.ni./u.ma.re.te.ki.ta./mi.ta.i.da.ne.
好像專為這個工作而生一樣。

• track 123

したい。

shi.ta.i.

想做。

說明 想要做一件事情的時候，會用「したい」這個詞，要是看到別人在做一件事的時候，自己也想加入，可以用這句話來表達自己的意願。

會話練習

A 将来（しょうらい）、何（なに）がしたいの？

sho.u.ra.i./na.ni.ga.shi.ta.i.no.

你將來想做什麼？

B 高校（こうこう）に入（はい）ったばかりでそんな先（さき）のことを考（かんが）えていないよ。

ko.u.ko.u.ni./ha.i.tta.ba.ka.ri.de./so.n.na.sa.ki.no.ko.to.o./ka.n.ga.e.te.i.na.i.yo.

我才剛進高中，還沒想那麼遠。

例 応援（おうえん）したい。

o.u.e.n.shi.ta.i.

想要支持。

参加（さんか）したいですが。

sa.n.ka.shi.ta.i.de.su.ga.

我想參加可以嗎？

バスケがしたいです。

ba.su.ke.ga.shi.ta.i.de.su.

想打籃球。

• track 124

食べたい。

ta.be.ta.i.

想吃。

說明 和「したい」的用法相同，只是這個句型是在「たい」加上動詞，來表示想做的事情是什麼，比如「食べたい」就是想吃的意思。

會話練習

A 今日は暑かった！さっぱりしたものを食べたい。
kyo.u.wa./a.tsu.ka.tta./sa.ppa.ri.shi.ta.mo.no.o./ta.be.ta.i.
今天真熱！我想吃些清爽的食物。

B わたしも！
wa.ta.shi.mo.
我也是。

例 お酒を飲みたいです。
o.sa.ke.o./no.mi.ta.i.de.su.
想喝酒。

焼肉を食べたいです。
ya.ki.ni.ku.o./ta.be.ta.i.de.su.
想吃烤肉。

あの店に行きたいです。
a.no.mi.se.ni./i.ki.ta.i.de.su.
想去那家店。

● track 124

してみたい。

shi.te.mi.ta.i.

想試試。

說明 表明對某件事躍躍欲試的狀態，可以用「してみたい」來表示自己想要參與。

會話練習

A 一人旅(ひとりたび)をしてみたいなあ。
hi.to.ri.ta.bi.o./shi.te.mi.ta.i.na.a.
想試試看一個人旅行。

B わたしも。
wa.ta.shi.mo.
我也是。

例 参加(さんか)してみたい。
sa.n.ka.shi.te.mi.ta.i.
想參加看看。

体験(たいけん)してみたいです。
ta.i.ke.n.shi.te.mi.ta.i.de.su.
想體驗看看。

• track 125

なんとか。

na.n.to.ka.

總會。／什麼。

說明 「なんとか」原本的意思是「某些」「之類的」之意，在會話中使用時，是表示事情「總會有些什麼」「總會有結果」的意思。

會話練習

A 明日(あした)はテストだ。勉強(べんきょう)しなくちゃ。
a.shi.ta.wa.te.su.to.da./be.n.kyo.u.shi.na.ku.cha.
明天就是考試了，不用功不行。

B なんとかなるから、大丈夫(だいじょうぶ)だ。
na.n.to.ka.na.ru.ka.ra./da.i.jo.u.bu.da.
船到橋頭自然直，自然有辦法的，沒關係。

例 なんとかしなければならない。
na.n.to.ka./shi.na.ke.re.ba./na.ra.na.i.
不做些什麼不行。

なんとか言(い)えよ！
na.n.to.ka./i.e.yo.
說些什麼吧！

なんとか間(ま)に合(あ)います。
na.n.to.ka./ma.ni.a.i.ma.su.
總算來得及。

● track 125

一杯(いっぱい)。

i.ppa.i.

一杯。／很多。

說明 「一杯」就字面上和中文的「一杯」是相同的意思。但除此之外，這個關鍵字也有「很多」之意，例如「やることが一杯ある」表示要做的事有很多。也有「滿」的意思，「お腹一杯」，則是肚子已經很飽了。

會話練習

A もう一杯(いっぱい)どうですか？
mo.u./i.ppa.i.do.u.de.su.ka.
要不要再喝一杯？

B いいですね。
i.i.de.su.ne.
好啊！

會話練習

A お腹(なか)が一杯(いっぱい)です。
o.na.ka.ga.i.ppa.i.de.su.
我好飽。

B わたしも。
wa.ta.sh.mo.
我也是。

•track 126

朝。

a.sa.

早上。

說明 「朝」這個字，除了當名詞之外，套在名詞前面，就代表是早上的，如「朝ごはん」就是早餐的意思。

會話練習

A 朝ですよ。早く起きなさい。
a.sa.de.su.yo./ha.ya.ku.o.ki.na.sa.i.
早上了，快起來。

B はい。
ha.i.
好。

例 朝が早い。
a.sa.ga.ha.ya.i.
很早起。

朝がつらい。
a.sa.ga.tsu.ra.i.
早上起不來。

• track 126

ご飯(はん)。

go.ha.n.

飯。

說明 民以食為天，這個詞除了單純有「米飯」的意思之外，也可中文一樣，可以代表「餐」的意思。

會話練習

A ご飯(はん)ですよ。
go.ha.n.de.su.yo.
吃飯囉！

B はい。
ha.i.
好。

例 ご飯(はん)はまだ？
go.ha.n.wa./ma.da.
飯還沒煮好嗎？

ご飯(はん)をよそう。
go.ha.n.o./yo.so.u.
盛飯。

ご飯(はん)ができたよ。
go.ha.n.ga./de.ki.ta.yo.
飯菜做好了。

●track 127

ない。

na.i.

沒有。

說明 要表示自己沒有某樣東西，或是沒有某些經驗時，可以用這個字表示。另外，這也是動詞否定的型式，所以聽到後面加了「ない」，多半就是否定的意思。較禮貌的說法是「ありません」。

會話練習

A あれっ、箸(はし)がない。
a.re./ha.shi.ga.na.i.
咦，沒筷子。

B 今(いま)、取(と)ってくる。
i.ma./to.tte.ku.ru.
我去幫你拿。

例 インクがない。
i.n.ku.ga.na.i.
沒墨水了。

お金(かね)がありません。
o.ka.ne.ga./a.ri.ma.se.n.
沒錢。

• track 127

ある。

a.ru.

有。

說明 要表示自己有什麼東西，或有什麼樣的經驗時，另外，找到東西的時候，也可以用這個字來表示東西存在的意思。較禮貌的說法是「あります」。

會話練習

A この図書館(としょかん)には日本語(にほんご)の本(ほん)がたくさんある。
ko.no.to.sho.ka.n.ni.wa./ni.ho.n.go.no.ho.n.ga./ta.ku.sa.n.a.ru.
這間圖書館有很多日文書。

B そうか。
so.u.ka.
這樣啊。

例 話(はなし)があるの。
ha.na.shi.ga.a.ru.no.
有話要說。

問題(もんだい)があります。
mo.n.da.i.ga.a.ri.ma.su.
有問題。

• track 128

ba.n.

輪到。

說明 「番」這個字，除了有中文裡「號」的意思之外，也有「輪到誰」的意思，用在表示順序。

會話練習

A 今日(きょう)の皿洗(さらあら)いは誰(だれ)の番(ばん)？

kyo.u.no./sa.ra.a.ra.i.wa./da.re.no.ba.n.

今天輪到誰洗碗？

B 隆子(たかこ)の番(ばん)だ。

ta.ka.ko.no.ba.n.da.

輪到隆子了。

例 わたしの番(ばん)です。

wa.ta.shi.no.ba.n.de.su.

輪到我了。

誰(だれ)の番(ばん)ですか？

da.re.no.ba.n.de.su.ka.

輪到誰了？

●track 128

悪(わる)い。

wa.ru.i.

不好意思。／不好。

說明 「悪い」是不好的意思。可以用在形容人、事、物。但除此之外，向晚輩或熟人表示「不好意思」、「抱歉」的意思之時，也可以用「悪い」來表示。

會話練習

A 今夜(こんや) A 会社(がいしゃ)との接待(せったい)がありますが、田中君(たなかくん)もぜひどうですか？

ko.n.ya.A.ka.i.sha.to.no./se.tta.i.ga./a.ri.ma.su.ga./ta.na.ka.ku.n.mo./ze.hi.do.u.de.su.ka.

今天晚上要接待 A 公司，田中你也一起來吧！

B 今日(きょう)は子供(こども)の急病(きゅうびょう)のため、看病(かんびょう)しなければならないんです。申(もう)し訳(わけ)ありません。

kyo.u.wa./ko.do.mo.no.kyu.u.byo.u.no.ta.me./ka.n.byo.u.shi.na.ke.re.ba./na.ra.na.i.n.de.su./mo.u.shi.wa.ke./a.ri.ma.se.n.

因為我的孩子生了病，我今晚要去照顧他。實在很抱歉。

A いいえ。急(きゅう)に言(い)い出(だ)したわたしが悪(わる)いんです。

i.i.e./kyu.u.ni./i.i.da.shi.ta.wa.ta.shi.ga./wa.ru.i.n.de.su.

不。突然做出這種要求是我不對。

• track 129

人違(ひとちが)い。

hi.to.chi.ga.i.

認錯人。

說明 以為遇到朋友，出聲打招呼後卻意外發現原來自己認錯人了，這時就要趕緊說「人違いです」來化解尷尬。

會話練習

A よかった。無事(ぶじ)だったんだな。
yo.ka.tta./mu.ji.da.tta.n.da.na.
太好了，你平安無事。

B えっ？
e.
什麼？

A あっ、人違(ひとちが)いでした。すみません。
a./hi.to.chi.ga.i.de.shi.ta./su.mi.ma.se.n.
啊，我認錯人了，對不起。

例 声(こえ)を掛(か)けてはじめて人違(ひとちが)いだと分(わ)かった。
ko.e.o.ka.ke.te.ha.ji.me.te./hi.to.chi.ga.i.da.to./wa.ka.tta.
出聲打招呼後就發覺認錯人了。

人違(ひとちが)いだった。
hi.to.chi.ga.i.da.tta.
認錯人了。

• track 129

間違(まちが)い。

ma.chi.ga.i.

搞錯。

說明 在搞錯、誤會的時候，要向對方表示弄錯了，可以用這個字來說明。

會話練習

A 大橋(おおはし)が犯人(はんにん)であることは間違(まちが)いない！
o.o.ha.sh.ga./ha.n.ni.n.de.a.ru.ko.to.wa./ma.chi.ga.i.na.i.
犯人一定就是大橋。

B 私(わたし)もそう思う。
wa.ta.shi.mo./so.u.o.mo.u.
我也這麼覺得。

例 それは何(なに)かの間違(まちが)いです。
so.re.wa./na.ni.ka.no./ma.chi.ga.i.de.su.
那有點不對。

間違(まちが)い電話(でんわ)です。
ma.chi.ga.i.de.n.wa.de.su.
打錯電話了。

track 130

割り勘。

わかん

wa.ri.ka.n.

各付各的。

說明 「勘定」是付帳的意思，而「割り」則有分開的意思，兩個字合起來，就是各付各的，不想讓對方請客時，可以這個詞來表示。

會話練習

A 今回は割り勘にしようよ。
ko.n.ka.i.wa./wa.ri.ka.n.ni.shi.yo.u.yo.
今天就各付各的吧！

B うん、いいよ。
u.n./i.i.yo.
好啊。

例 今日は割り勘で飲もう。
kyo.u.wa./wa.ri.ka.n.de.no.mo.u.
今天喝酒就各付各的吧。

四人で割り勘にした。
yo.n.ni.n.de./wa.ri.ka.n.ni.shi.ta.
四個人平分付了帳。

道地成語俚語

嘘つきは泥棒の始まり

u.so.tsu.ki.wa./do.ro.bo.u.no./ha.ji.ma.ri.

說謊是當賊的開始

說明 如果毫不在乎的說謊，良心就容易受到蒙蔽，可能會做出更嚴重的竊盜行為。剛開始可能只是微不足道的事情，但漸漸的就會變得嚴重起來。

會話練習

A 私のケーキを食べたのはあなたでしょう。
wa.ta.shi.no./ke.e.ki.o./ta.be.ta.no.wa./a.na.ta.de.sho.u.
是你偷吃了我的蛋糕吧！

B 知らないよ。
shi.ra.na.i.yo.
不關我的事啦！

A 正直に言いなさい。嘘つきは泥棒の始まりよ。
sho.u.ji.ki.ni./i.i.na.sa.i./u.so.tsu.ki.wa./do.ro.bo.u.no.ha.ji.ma.ri.yo.
最好誠實一點，說謊是當賊的開始喔！

B ごめんなさい。僕だ。
go.me.n.na.sa.i./bo.ku.da.
對不起，真的是我。

•track 131

親の心子知らず

o.ya.no.ko.ko.ro./ko.shi.ra.zu.

子女不知父母心

說明 孩子不懂父母的深情及關懷，而總是任性而為。除了用在親之子間，在朋友、師生之間，也同樣可以看到相同的情形。和「子を持って知る親の恩」（養兒方知父母恩）是相同的意思。

會話練習

A 雨が降りそうだ。傘を持っていきなさい。
a.me.ga.fu.ri.so.u.da./ka.sa.o./mo.tte.i.ki.na.sa.i.
好像快下雨了，記得帶傘。

B いやだ。めんどくさいから。
i.ya.da./me.n.do.ku.sa.i.ka.ra.
不要。太麻煩了。

A まったく。親の心子知らずなんだ。
ma.tta.ku./o.ya.no.ko.ko.ro./ko.shi.ra.zu.na.n.da.
真是的。做子女的真不懂父母的心情。

相槌を打つ

a.i.zu.chi.o./u.tsu.

搭腔

說明 日本人在聽別人說話的時候，會同時說配合點頭、或是「はい」「いいえ」「そうですか」之類的話語，來表示有專心聽對方說話。但若是回答得不好，老是用同樣的話語回應的話，很容易讓人覺得只是敷衍了事，所以搭腔也是日語會話中的一門學問。

會話練習

A テストの前日ぐらいは少し勉強しなさい。
te.su.to.no.ze.n.ji.tsu.gu.ra.i.wa./su.ko.shi.be.n.kyo.u.shi.na.sa.i.yo.
考試前一天，至少念一下書吧。

B うん。そうだね。
u.n./so.u.da.ne.
嗯，好。

A テレビばっかり見ないで、早く勉強しなよ。
te.re.bi.ba.kka.ri.mi.na.i.de./ha.ya.ku.be.n.kyo.u.shi.na.yo.
不要一直看電視，快一點去念書。

B うん、そうだね。
u.n./so.u.da.ne.
嗯，好。

A 適当に相槌を打ってんじゃないの！
te.ki.to.u.ni./a.i.zu.chi.o.u.tte.n.ja.na.i.no.
不要隨便回答應付了事！

●track 132

朝飯前（あさめしまえ）

a.sa.me.shi.ma.e.

輕而易舉

說明 用吃早餐之前的時間就可以完成的事情，表示事情非常的簡單，不費吹灰之力就可以完成了。和「赤子の手をひねる」同義。

會話練習

A 缶切り（かんき）がうまくできなくて…
ka.n.ki.ri.ga./u.ma.ku.de.ki.na.ku.te.
打不開罐頭。

B 私（わたし）がやってあげる。
wa.ta.shi.ga.ya.tte.a.ge.ru.
我來幫你吧！

A すごい。恵美（えみ）ちゃん上手（じょうず）だね。
su.go.i./e.mi.cha.n./jo.u.zu.da.ne.
真厲害。惠美你真棒。

B ほんの朝飯前（あさめしまえ）じゃないの。
ho.n.no./a.sa.me.shi.ma.e.ja.na.i.no.
輕而易舉，小事一樁。

• track 133

足(あし)を引(ひ)っ張(ぱ)る

a.shi.o./hi.ppa.ru.

扯後腿

說明 妨礙別人做事、當大家都在做一件事時，只有自己一個人做不好，造成大家的困擾時，就可以用這句話。

會話練習

A 今日(きょう)の朝(あさ)からサッカーを練習(れんしゅう)するぞ。
kyo.u.no.a.sa.ka.ra./sa.kka.a.o./re.n.shu.u.su.ru.zo.
今天早上開始要練習足球囉！

B はあ、みんなの足(あし)を引(ひ)っ張(ぱ)ったらどうしよう…
ha.a./mi.n.na.no./a.shi.o./hi.ppa.tta.ra./do.u.shi.yo.u.
希望我不會扯班上同學的後腿。

A 心配(しんぱい)しないで。きっと大丈夫(だいじょうぶ)だよ。
shi.n.pa.i.shi.na.i.de./ki.tto.da.i.jo.u.bu.da.yo.
別擔心，一定沒問題的。

●track 133

油を売る

あぶら　う

a.bu.ra./o./u.ru.

到別的地方閒晃

說明 在古代，去買燈油時，因為把油倒到容器中十分花時間，所以賣油的人常常會和客人聊天打發時間，所以就用這句話來表示和人閒聊度過時間。現在則多半是用在形容人在往目的地的路上繞到別的地方去。

會話練習

A 小百合まだ帰ってこないなあ。（さゆり／かえ）
sa.yu.ri.ma.da./ka.e.tte.ko.na.i.na.a.
小百合還沒回來嗎？

B どこかで寄り道してるんでしょう。（よ／みち）
do.ko.ka.de./yo.ri.mi.chi.shi.te.ru.n./de.sho.u.
可能順道繞到別的地方去了吧。

C ただいま。
ta.da.i.ma.
我回來了。

A もう。どこで油を売ってたの！（あぶら／う）
mo.u./do.ko.de.a.bu.ra.o.u.tte.ta.no.
真是的，你跑到哪裡去閒晃了！

•track 134

息(いき)を殺(ころ)す

i.ki.o./ko.ro.su.

屏氣凝神

說明 不發出任何聲響，連呼吸都十分的小心，專心地做一件事的時候可以用這句慣用語。

會話練習

A あっ、カブトムシ発見！
a./ka.bu.to.mu.shi.ha.kke.n.
啊，我發現獨甲仙了！

B しっ、息(いき)を殺(ころ)してそっと近(ちか)づくんだ。
shi./i.ki.o.ko.ro.shi.te./so.tto./chi.ka.zu.ku.n.da.
噓！屏氣凝神悄悄的接近牠。

A わかった。
wa.ka.tta.
好。

B やった、捕(つか)まえた。
ya.tta./tsu.ka.ma.e.ta.
耶！抓到了。

• track 134

雨後の筍

(うごたけのこ)

u.go.no.ta.ke.no.ko.

雨後春筍

說明 和中文成語中的「雨後春筍」同義，比喻類似的事物接二連三的出現。

會話練習

A こんな場所（ばしょ）にもビルができたんだ。
ko.n.na.ba.sho.ni.mo./bi.ru.ga.de.ki.ta.n.da.
這裡也蓋了大樓了啊。

B ほんとうだ。
ho.n.to.u.da.
真的耶。

A このところ雨後（うご）の筍（たけのこ）のように、どんどん新（あたら）しいビルができるの。
ko.no.to.ko.ro./u.go.no.ta.ke.no.ko.no.yo.u.ni./do.n.do.n./a.ta.ra.shi.i.bi.ru.ga./de.ki.ru.no.
現在新大樓就像雨後春筍一般的到處都出現了。

B そうだよね。
so.u.da.yo.ne.
就是說啊。

● track 135

うわ　そら
上の空

u.wa.no.so.ra.

心不在焉

說明 被其他的事情吸引住，完全無法集中的樣子。

會話練習

A ねえ、愛子。(あいこ)
ne.e./a.i.ko.
欸，愛子。

B …。

A ねえ、愛子。聴いてる。(あいこ / き)
ne.e./a.i.ko./ki.i.te.ru.
欸，愛子，你在聽嗎？

B え、何？(なに)
e./na.ni.
疑，什麼？

A 今日の愛子、何を言っても上の空だよ。(きょう / あいこ / なに / い / うわ / そら)
kyo.u.no.a.i.ko./na.ni.o.i.tte.mo./u.wa.no.so.ra.da.yo.
今天我跟你說什麼，你都心不在焉。

• track 135

親(おや)のすねをかじる

o.ya.no.su.ne.o./ka.ji.ru.

靠父母生活

說明 孩子到了可以自立的年紀了，卻不肯自立更生，而是靠父母親生活，就像在啃父母的小腿般。

會話練習

A 自分(じぶん)のほしいものが何(なん)でも買(か)えればいいのに。
ji.bu.n.no.ho.shi.i.mo.no.ga./na.n.de.mo.ka.e.re.ba./i.i.no.ni.
要是可以想買什麼就買什麼就好了。

B そうだよね。
so.u.da.yo.ne.
就是說啊。

A でも、親(おや)のすねをかじっているうちはあきらめなきゃ。
de.mo./o.ya.no.su.ne.o./ka.ji.tte.i.ru./u.chi.wa./a.ki.ra.me.na.kya.
可是，我們現在還得靠父母親生活，所以也只好放棄這種想法。

B うん、大学生(だいがくせい)になったら、勉強(べんきょう)もアルバイトもがんばって、自立(じりつ)する。
u.n./da.i.ga.ku.se.i.ni.na.tta.ra./be.n.kyo.u.mo./a.ru.ba.i.to.mo./ga.n.ba.tte./ji.ri.tsu.su.ru.
嗯，等我成了大學生，一定會努力念書和打工，想辦法自立更生。

●track 136

借(か)りてきた猫(ねこ)

ka.ri.te.ki.ta.ne.ko.

格外的安份守己

說明 在以前，老鼠還很猖獗，於是就會向有養貓的人家借貓來捉老鼠。但是貓是很怕生的動物，到了陌生的地方，就變得畏畏縮縮的。於是就用「借りてきた猫」來形容一個人和平常不同，突然變得很安靜。

會話練習

A どうぞお上(あ)がりください。

do.u.zo./o.a.ga.ri.ku.da.sa.i.

請進。

B お邪魔(じゃま)します。

o.ja.ma.shi.ma.su.

打擾了。

A あれ、愛子(あいこ)ちゃん今日(きょう)なぜか借(か)りてきた猫(ねこ)みたいに口数(くちかず)が少(すく)ないね。どうしたの。

a.re./a.i.ko.cha.n./kyo.u.na.ze.ka./ka.ri.te.ki.ta.ne.ko.mi.ta.i.ni./ku.chi.ka.zu.ga.su.ku.na.i.ne./do.u.shi.ta.no.

疑，愛子你今天特別的安靜，話也特別少，怎麼了嗎？

B いや、そんなことありません。

i.ya./so.n.na.ko.to./a.ri.ma.se.n.

沒有，沒這回事。

•track 136

きがおけない

ki.ga.o.ke.na.i.

不用拘束

說明 不用在意小細節，自由的和對方交往的意思。也可以說成「気の置けない」。

會話練習

A こんにちは。
ko.n.ni.chi.wa.
你好。

B よくきたね。
yo.ku.ki.ta.ne.
你來啦！

C はい、ジュースとケーキ、どうぞ。
ha.i./ju.u.su.to./ke.e.ki./do.u.zo.
這是果汁和蛋糕，請用。

A 愛子(あいこ)ちゃんちって気(き)が置(お)けないなあ。
a.i.ko.cha.n.chi.tte./ki.ga.o.ke.na.i.na.a.
在愛子家真好，都不用感到拘束。

• track 137

気が気でない

ki.ga.ki.de.na.i.

擔心得坐立難安

說明 非常擔心，而顯得坐立難安時，可以用這句話來形容。和「気にかかる」同義。

會話練習

A 怪我をしたらしいときかされ、授業中も気が気でなかった。大丈夫？

ke.ga.o.shi.ta.ra.shi.i./to.ki.ka.sa.re./ju.gyo.u.chu.u.mo./ki.ga.ki.de.na.ka.tta./da.i.jo.u.bu.

聽說你受傷了，讓我上課也無法專心，你沒事吧？

B うん、もう大丈夫。ありがとうね。

u.n./mo.u.da.i.jo.u.bu./a.ri.ga.to.u.ne.

嗯，已經沒事了，謝謝。

•track 137

肝をつぶす

ki.mo.o.tsu.bu.su.

嚇破膽

說明 受到非常大的驚嚇。和「たまげる」「度肝を抜かれる」同義。

會話練習

A うわ、怖いよ。
u.wa./ko.wa.i.yo.
哇！好可怕喔！

B 大丈夫、パパはここにいるから。
da.i.jo.u.bu./pa.pa.wa./ko.ko.ni.i.ru.ka.ra.
沒關係，有爸爸在。

A さっきのお化け屋敷が怖くて肝をつぶしたよ。
sa.kki.no./o.ba.ke.ya.shi.ki.ga./ko.wa.ku.te./ki.mo.o.tsu.bu.shi.ta.yo.
剛剛的鬼屋真是太可怕了，讓我嚇破膽。

• track 138

口が軽い

くち かる

ku.chi.ga.ka.ru.i.

大嘴巴

說明 隨便就把別人的祕密說出去，嘴巴一點都不牢靠，可以用這句話來形容。相反詞是「口が堅い」。

會話練習

A あなた、ひどいよ。
a.na.ta./hi.do.i.yo.
你很過分耶！

B 何？(なに)
na.ni.
怎麼了嗎？

A あれだけ強く言ったのに、私の秘密をみんなの前で話してたんでしょう。あなた本当に口が軽すぎるよ。
a.re.da.ke./tsu.yo.ku.i.tta.no.ni./wa.ta.shi.no.hi.mi.tsu.o./mi.n.na.no.ma.e.de./ha.na.shi.te.ta.n.de.sho.u./a.na.ta./ho.n.to.u.ni.ku.chi.ga.ka.ru.su.gi.ru.yo.
我明明就特別叮嚀過，你還是把我的祕密告訴大家了，你真是大嘴巴耶！

B ごめん。
go.me.n.
對不起。

•track 138

心を鬼にする

ko.ko.ro.o./o.ni.ni.su.ru.

狠下心

說明 雖然覺得對方很可憐，但為了對方著想，還是狠下心腸用嚴厲的態度對待。

會話練習

A ちゃんと勉強しなさい！
cha.n.to./be.n.kyo.u.shi.na.sa.i.
好好用功念書！

B まあまあ、そんなにがみがみ言わなくても。
ma.ma./so.n.na.ni./ga.mi.ga.mi.i.wa.na.ku.te.mo.
唉呀，不用這麼嚴格嘛！

C そう、そう。
so.so.
就是說啊。

A 私がこの子のことを考えて心を鬼にして怒ってるんです。
wa.ta.shi.ga./ko.no.ko./no.ko.to.o./ka.n.ga.e.te./ko.ko.ro.o./o.ni.ni.shi.te./o.ko.tte.ru.n.de.su.
我是為了這孩子著想，才狠下心腸生氣的。

• track 139

ゴマをする

go.ma.o.su.ru.

拍馬屁

說明 為了自己的利益而拍對方馬屁。

會話練習

A お母さん今日もきれいだよね。
o.ka.a.sa.n./kyo.u.mo.ki.re.i.da.yo.ne.
媽媽今天也很美耶！

B 料理もうまいし。
ryo.u.ri.mo.u.ma.i.shi.
做的菜又很好吃。

A うん、こんな家族で私たち幸せよね。
u.n./ko.n.na.ka.zo.ku.de./wa.ta.shi.ta.chi./shi.a.wa.se.yo.ne.
嗯，能有這樣的家人，我們真是太幸福了！

C いくらゴマをすっても旅行は行かないわよ。
i.ku.ra./go.ma.o.su.tte.mo./ryo.ko.u.wa./i.ka.na.i.wa.yo.
再怎麼拍馬屁，也不可能帶你們去旅行喔！

• track 139

しのぎを削(けず)る

shi.no.gi.o.ke.zu.ru.

競爭激烈

說明 競爭十分激烈的樣子，和「火花を散らす」同義。

會話練習

A 絶対(ぜったい)あなた間違(まちが)ってるよ。
ze.tta.i./a.na.ta.ma.chi.ga.tte.ru.yo.
一定是你錯。

B いや、お前(まえ)のほうがおかしい。
i.ya./o.ma.e.no.ho.u.ga./o.ka.shi.i.
不，你的想法才奇怪。

C まあ、二人(ふたり)とももっと違(ちが)うことでしのぎを削(けず)ったほうがいいよ。
ma.a./fu.ta.ri.to.mo./mo.tto./chi.ga.u.ko.to.de./shi.no.gi.o.ke.zu.tta./ho.u.ga.i.i.yo.
唉呀，兩個人還是把爭論的力氣放在其他有用的地方吧！

●track 140

すずめの涙（なみだ）

su.zu.me.no.na.mi.da.

杯水車薪

說明 此句的原意是麻雀的眼淚，因為麻雀的眼淚很小一滴，所以可以用來比喻事物非常少。

會話練習

A ねえ、僕（ぼく）の小遣（こづか）いは少（すく）なすぎるよ。
ne.e./bo.ku.no./ko.zu.ka.i.wa./su.ku.na.su.gi.ru.yo.
我的零用錢太少了啦！

B そんなことないわよ、みんなと同（おな）じくらいでしょう。
so.n.na.ko.to.na.i.wa.yo./mi.n.na.to.o.na.ji.ku.ra.i.de.sho.u.
才沒有這回事呢！和大家差不多吧！

A でも、うちの友達（ともだち）の平均（へいきん）からするとすずめの涙（なみだ）だよ。
de.mo./u.chi.no.to.mo.da.chi.no.he.i.ki.n./ka.ra.su.ru.to./su.zu.me.no.na.mi.da.da.yo.
可是，和我朋友的平均比起來，就像杯水車薪一樣少。

B えっ、そうなの？
e./so.u.na.no.
真的嗎？

• track 140

太鼓判(たいこばん)を押(お)す

ta.i.ko.ba.n.o./o.su.

絕對沒錯

說明 表示絕對沒錯，斬釘截鐵。和「折り紙をつける」同義。

會話練習

A 僕(ぼく)も何(なに)かの日本一(にほんいち)になってみたいなあ。
bo.ku.mo./na.ni.ka.no./ni.ho.n.i.chi.ni./na.tta.mi.ta.i.na.a.
我也好想變成什麼的日本第一。

B 大食(おおぐ)いでなら日本一(にほんいち)になれるんじゃない？
o.o.gu.i.de.na.ra./ni.ho.n.i.chi.ni.ra.re.ru.n./ja.na.i.
如果是大食量的話，你就可以當日本第一啦！

A えっ？日本一(にほんいち)？
e./ni.ho.n.i.chi.
是嗎？我可以當日本第一？

B うん、私(わたし)が太鼓判(たいこばん)を押(お)しますよ。
u.n./wa.ta.shi.ga./ta.i.ko.ba.n.o./o.shi.ma.su.yo.
嗯嗯，絕對可以的，我向你保證。

A でも大食(おおぐ)いじゃあ…
de.mo./o.o.gu.i.ja.a.
可是食量大的日本第一…

●track 141

台無しにする

da.i.na.shi.ni.su.ru.

斷送了／糟蹋了

說明 比喻事物完全沒有希望了，前功盡棄。

會話練習

A 今日道で転んじゃった。新しいワンピースが台無し…。
kyo.u./mi.chi.de./ko.ro.n.ja.tta./a.ta.ra.shi.i./wa.n.pi.i.su.ga./da.i.na.shi.
今天在路上跌倒，新買的連身裙都毀了。

B 大丈夫だよ、洗えば落ちるよ。
da.i.jo.u.bu.da.yo./a.ra.e.ba.o.chi.ru.yo.
沒關係，洗一洗就乾淨了。

A でもペンキつけちゃった。
de.mo./pe.n.ki.tsu.ke.cha.tta.
可是沾到油漆了。

B えっ、それは台無しになった。
e./so.re.wa./da.i.na.shi.ni.na.tta.
欸？那就沒辦法了。

• track 141

高（たか）をくくる

ta.ka.o.ku.ku.ru.

輕忽

說明 輕忽事情的重要性，太過大意。

會話練習

A 明日（あした）テストでしょう。勉強（べんきょう）しなくていいの？

a.shi.ta.te.su.to.de.sho.u./be.n.kyo.u.shi.na.ku.te./i.i.no.

明天就要考試了，不念書可以嗎？

B 大丈夫（だいじょうぶ）、自信（じしん）があるんだ。

da.i.jo.u.bu./ji.shi.n.ga.a.ru.n.da.

沒問題，我有信心。

A そうやって高（たか）をくくってるとろくなことないわよ。

so.u.ya.tte./ta.ka.o.ku.ku.tte.ru.to./ro.ku.na.ko.to.na.i.wa.yo.

太輕忽的話沒有好下場喔！

●track 142

竹を割ったよう

ta.ke.o./wa.tta.yo.u.

爽快不拘小節

說明 比喻人做事十分的爽快，不會拘泥小細節。

會話練習

A 今日掃除当番だけど用事があるんだ。
kyo.u./so.u.ji.to.u.ba.n.da.ke.do./yo.u.ji.ga./a.ru.n.da.
今天輪到我打掃，可是我今天有事。

B じゃあ、代わってやるよ。
ja.a./ka.wa.tte.ya.ru.yo.
那我幫你掃吧！

A 悪いな。
wa.ru.i.na.
不好意思。

B そんな細かいことを気にしなくてもいい。
so.n.na.ko.ma.ka.i.ko.to.o./ki.ni.shi.na.ku.te.mo.i.i.
不用在意這種小事啦！

A 大橋君って、竹を割ったような性格だよね。
o.o.ha.shi.ku.n.tte./ta.ke.o.wa.tta.yo.u.na./se.i.ka.ku.da.yo.ne.
大橋同學真是爽快不拘小節。

•track 142

棚に上げる

ta.na.ni.a.ge.ru.

避重就輕

説明 將對自己不利的事情擱置在一旁，盡量不去碰觸。

會話練習

A もう十時だ。早く寝ろ。
mo.u.ju.u.ji.da./ha.ya.ku.ne.ro.
已經十點了，快點去睡。

B もうちょっとね、終わったらすぐ寝る。
mo.u.cho.tto.ne./o.wa.tta.ra.su.gu.ne.ru.
再一下下，等結束了我就去睡。

A 早く！
ha.ya.ku.
快一點！

B うるさいなあ、おにいちゃんは、自分のことは棚に上げて早く早くって。私が寝た後、遅くまでテレビを見てるくせに。
u.ru.sa.i.na.a./o.ni.i.cha.n.wa./ji.bu.n.no.ko.to.wa./ta.na.ni.a.ge.te./ha.ya.ku.ha.ya.ku.tte./wa.ta.shi.ga.ne.ta.a.to./o.so.ku.ma.de./te.re.bi.o.mi.te.ru.ku.se.ni.
真囉嗦！哥哥你也不管管自己，還叫我快一點。明明我睡了之後，你自己都看電視到很晚。

• track 143

玉にきず

ta.ma.ni.ki.zu.

美中不足

說明 就像一塊美玉上面有著小瑕疵，用來比喻人事物美中不足。

會話練習

A 玉ちゃんはかわいいよね。
ta.ma.cha.n.wa./ka.wa.i.i.yo.ne.
小玉真可愛呢！

B うん、でも気が強いのが玉にきずだなあ。
u.n./de.mo./ki.ga.tsu.yo.i.no.ga./ta.ma.ni.ki.zu.da.na.a.
嗯，但是美中不足的是太強勢了。

會話練習

A 恵美ちゃんは優しくて頭もいいよね。
e.mi.cha.n.wa./ya.sa.shi.ku.te./a.ta.ma.mo.i.i.yo.ne.
恵美不但溫柔，又很腦明。

B でも、おっちょこちょいなのが玉にきずだ。
de.mo./o.ccho.ko.cho.i.na.no.ga./ta.ma.ni.ki.zu.da.
可惜美中不足的是冒冒失失的。

•track 143

手を抜く

te.nu.ku.

偷懶

說明 省略非做不可的步驟，隨便做做。

會話練習

A いすを作って。
i.su.o.tsu.ku.tte.
幫我做椅子好嗎？

B いいよ、俺に任せて。
i.i.yo./o.re.ni.ma.ka.se.te.
好啊，交給我。

（夜中）
（半夜）

A まだできないの？ちょっと手を抜けば？
ma.da.de.ki.na.i.no./cho.tto.te.o.nu.ke.ba.
還沒好嗎？要不要稍微偷懶一點省些步驟。

B だめだ！
da.me.da.
不行！

●track 144

峠を越す

とうげ　こ

to.u.ge.o.ko.su.

過了最糟的時候

說明 比喻事情已經過了高峰，開始衰退，多半用在負面的事情。

會話練習

A 台風が近づいているそうだ。
ta.i.fu.u.ga./chi.ka.zu.i.te.i.ru.so.u.da.
颱風好像正在接近。

B あ、停電だ。
a./te.i.de.n.da.
啊！停電了。

A なんかどきどきするよ。
na.n.ka./do.ki.do.ki.su.ru.yo.
覺得有一點可怕。

B やった、電気がついた。
ya.tta./de.n.ki.ga.tsu.i.ta.
耶！電來了。

A 台風も峠を越したようだね。
ta.i.fu.u.mo./to.u.ge.o./ko.shi.ta.yo.da.ne.
颱風最強的時候好像也已經過去了。

•track 144

とどのつまり

to.do.no.tsu.ma.ri.

結論是

說明 事物最終的結果。

會話練習

A 人間(にんげん)って性格(せいかく)が大事(だいじ)だと思(おも)うんだよね。

ni.n.ge.n.tte./se.i.ka.ku.ga./da.i.ji.da.to./o.mo.u.n.da.yo.ne.

我覺得人最重要的還是個性。

B そのとおりね。

so.no.to.o.ri.ne.

你說的沒錯。

A いくら勉強(べんきょう)ができても意地悪(いじわる)だったらだめだよね。

i.ku.ra.be.n.kyo.u.ga.de.ki.te.mo./i.ji.wa.ru.da.tta.ra./da.me.da.yo.ne.

就算再會念書，個性不好的話也不行。

B そうだね。

so.u.da.ne.

對。

A で、とどのつまり、テストの点(てん)が悪(わる)かったけど怒(おこ)らないでねってことで。

de./to.do.no.tsu.ma.ri./te.su.to.no.te.n.ga.wa.ru.ka.tta.ke.do./o.ko.ra.na.i.de.ne./tte.ko.to.de.

總而言之，這次考試的分數雖然很低，但你也不能生氣喔！

●track 145

長(なが)い目(め)で見(み)る

na.ga.i.me.de.mi.ru.

長遠看來

說明 對事情先暫不下結論，而是將眼光放遠，觀察未來的變化。

會話練習

A こちらのたんすはいかがでしょうか。
ko.chi.ra.no./ta.n.su.wa./i.ka.ga.de.sho.u.ka.
這個櫃子怎麼樣呢？

B これは高(たか)いですね。
ko.re.wa.ta.ka.i.de.su.ne.
這個很貴呢！

A でも、品質(ひんしつ)はしっかりしておりますし、長(なが)い目(め)で見(み)ればお得(とく)ですよ。
de.mo./hi.n.shi.tsu.wa./shi.kka.ri.shi.te./o.ri.ma.su.shi./na.ga.i.me.de./mi.re.ba./o.to.ku.de.su.yo.
可是，這個櫃子的品質很好，以長遠的眼光看來，是很值得的。

B 長(なが)い目(め)って、どのくらい？
na.ga.i.me.tte./do.no.ku.ra.i.
長遠看來？是多久呢？

A 三十年先(さんじゅうねんさき)でも使(つか)えますよ。
sa.n.ju.u.ne.n.sa.ki.de.mo./tsu.ka.e.ma.su.yo.
至少可以用三十年喔！

•track 145

猫の手も借りたい

ne.ko.no.te.mo./ka.ri.ta.i.

忙得不得了

說明 比喻十分的忙碌人手不足，忙到想要叫家中的貓來幫忙。

會話練習

A 今日も忙しかった？
kyo.u.mo./i.so.ga.shi.ka.tta.
今天也很忙嗎？

B うん、猫の手も借りたいほど。
u.n./ne.ko.no.te.mo.ka.ri.ta.i.ho.do.
對啊，忙得不得了。

會話練習

A 年末は忙しかった？
ne.n.ma.tsu.wa./i.so.ga.shi.ka.tta.
年底很忙嗎？

B うん、猫の手も借りたい忙しさだった。
u.n./ne.ko.no.te.mo.ka.ri.ta.i./i.so.ga.shi.sa.da.tta.
對啊，忙得不得了。

•track 146

根(ね)も葉(は)もない

ne.mo.ha.mo.na.i.

無憑無據

說明 沒有任何根據的事情。

會話練習

A 真里菜(まりな)ちゃんって、卓也君(たくやくん)と付(つ)き合(あ)ってるの？
ma.ri.na.cha.n.tte./ta.ku.ya.ku.n.to./tsu.ki.a.tte.ru.no.
真里菜你和卓也在交往嗎？

B そんな、根(ね)も葉(は)もないうわさよ。
so.n.na./ne.mo.ha.mo.na.i./u.wa.sa.yo.
哪有這種事，那是無憑無據的流言啦！

會話練習

A 来週日本(らいしゅうにほん)に転勤(てんきん)するって、本当(ほんとう)？
ra.i.shu.u.ni.ho.n.ni./te.n.ki.n.su.ru.tte./ho.n.to.u.
聽說你下週就要調職到日本了，真的嗎？

B そんな、根(ね)も葉(は)もないうわさだよ。
so.n.na./ne.mo.ha.mo.na.i./u.wa.sa.da.yo.
沒這回事，那是沒憑沒據的謠言。

•track 146

歯が立たない

ha.ga.ta.ta.na.i.

無法抗衡

說明 牙齒無法咬下，表示對手的實力太強，自己根本不是對手。

會話練習

A 私、絵を描いてみたよ。見て。
wa.ta.shi./e.o.ka.i.te.mi.ta.yo./mi.te.
我剛剛試畫了一張畫，你看看。

B うまい！私の絵では幸子に歯が立たない。
u.ma.i./wa.ta.shi.no.e.de.wa./sa.chi.ko.ni./ha.ga.ta.ta.na.i.
畫得真好！我的畫根本比不上幸子你畫的。

會話練習

A 春日くんは僕より背が高く、運動では歯が立たないなあ。
ka.su.ga.ku.n.wa./bo.ku.yo.ri./se.ga.ta.ka.ku./u.n.do.u.de.wa./ha.ga.ta.ta.na.i.na.a.
春日長得比我高，在運動方面我是贏不了他的。

B でも、勉強ならあなたのほうが上だから、いいんだ。
de.mo./be.n.kyo.u.na.ra./a.na.ta.no.ho.u.ga.u.e.da.ka.ra./i.i.n.da.
不過，念書的話，你比較厲害啊，這樣扯平了吧！

• track 147

話(はなし)に花(はな)が咲(さ)く

ha.na.shi.ni./ha.na.ga.sa.ku.

聊得起勁

說明 話題一個接一個不間斷，天南地北的聊。

會話練習

A あ、お帰(かえ)り。
a./o.ka.e.ri.
啊，你回來啦！

B ただいま。
ta.da.i.ma.
我回來了。

A 今日(きょう)は遅(おそ)いね。
kyo.u.wa./o.so.i.ne.
今天有點晚呢！

B ごめんね、遅(おそ)くなって。友達(ともだち)と昔話(むかしばなし)に花(はな)がさいて、二次会(にじかい)まで行(い)っちゃったの。
go.me.n./o.so.ku.na.tte./to.mo.da.chi.to./mu.ka.shi.ba.na.shi.ni./ha.na.ga.sa.i.te./ni.ji.ka.i.ma.de./i.ccha.tta.no.
回來晚了對不起，和朋友聊起往事就說個沒完，還去續攤。

• track 147

鼻が高い

はな　たか

ha.na.ga.ta.ka.i.

引以為傲

說明 很得意、驕傲的樣子。

會話練習

A ピアノコンクールで特選に入賞した。
pi.a.no.ko.n.ku.u.ru.de./to.ku.se.n.ni./nyu.u.sho.u.shi.ta.
我在鋼琴比賽入選了特選。

B おめでとう！あなたのような学生がいて、先生も鼻が高いわ。
o.me.de.to.u./a.na.ta.no.yo.u.na./ga.ku.se.i.ga.i.te./se.n.se.i.mo.ha.na.ga./ta.ka.i.wa.
恭喜。有你這樣的學生，老師也感到驕傲呢！

會話練習

A 大学に合格した！
da.i.ga.ku.ni./go.u.ka.ku.shi.ta.
我考上大學了！

B おめでとう。新太君みたいな孫がいて、私も鼻が高いわ。
o.me.de.to.u./shi.n.ta.ku.n.mi.ta.i.na./ma.go.ga.i.te./wa.ta.shi.mo.ha.na.ga./ta.ka.i.wa.
恭喜！有新太你這樣的孫子，我也引以為傲。

• track 148

羽を伸ばす

はね の

ha.ne.o.no.ba.su.

自由自在

說明 少了拘束之後，可以自由的做想做的事情的樣子。

會話練習

A 先生は用事があるので、今日は自習です。
（せんせい／ようじ／きょう／じしゅう）
se.n.se.i.wa./yo.u.ji.ga.a.ru.no.de./kyo.u.wa./ji.shu.u.de.su.
老師因為有事，所以今天就自修吧！

B はい。
ha.i.
好。

A 先生がいなくても羽を伸ばさず勉強しなさい。
（せんせい／はね／の／べんきょう）
se.n.se.i.ga./i.na.ku.te.mo./ha.ne.o.no.ba.sa.zu./be.n.kyo.u.shi.na.sa.i.
就算老師不在，也不可以太自由喔，要好好念書。

•track 148

はらわたが煮(に)えくり返(かえ)る

ha.ra.wa.ta.ga./ni.e.ku.ri.ka.e.ru.

火大

說明 太生氣了，無法抑制怒火。

會話練習

A あら、あれ紀美子(きみこ)さんの弟(おとうと)さんじゃない？

a.ra./a.re.ki.mi.ko.sa.n.no./o.to.u.to.sa.n.ja.na.i.

啊，那不是紀美子同學的弟弟嗎？

B ふん、顔見(かおみ)たらはらわたが煮(に)えくり返(かえ)る！行(い)こう！

fu.n./ka.o.mi.ta.ra./ha.ra.wa.ta.ga./ni.e.ku.ri.ka.e.ru.wa./i.ko.u.yo.

哼！看到那張臉我就火大，我們走吧！

A 何(なに)があったの？

na.ni.ga.a.tta.no.

怎麼了嗎？

•track 149

膝を交える
hi.za.o./ma.ji.e.ru.
促膝長談

說明 和親近的人長談。

會話練習

A やあ、いらっしゃい。
ya.a./i.ra.ssha.i.
啊，歡迎歡迎。

B お邪魔します。
o.ja.ma.shi.ma.su.
打擾了。

A 今日は膝を交えてじっくり話し合いましょう。
kyo.u.wa./hi.za.o.ma.ji.e.te./ji.kku.ri./ha.na.shi.a.i./ma.sho.u.
今天就讓我們促膝長談吧。

• track 149

火が消えたよう

hi.ga.ki.e.ta.yo.u.

變得安靜

說明 突然變得十分的安靜，失去了活力，十分寂寞的樣子。

會話練習

A お姉ちゃんがいなくて寂しいなあ。
o.ne.cha.n.ga./i.na.ku.te./sa.bi.shi.i.na.a.
姊姊不在真是寂寞啊！

B まるで火が消えたようだ。
ma.ru.de.hi.ga.ki.e.ta.yo.u.da.
就好像活力消失了一樣呢！

會話練習

A 今日は静かだね。
kyo.u.wa./shi.zu.ka.da.ne.
今天還真安靜呢！

B ええ、恵美ちゃんがおじいちゃんの家に泊まりに行って、うちが火が消えたよう。
e.e./e.mi.cha.n.ga./o.ji.i.cha.n.no.i.e.ni./to.ma.ri.ni.i.tte./u.chi.ga.hi.ga.ki.e.ta.yo.u.
嗯，因為惠美去爺爺家住了，家裡變得很安靜。

●track 150

百も承知

hya.ku.mo.sho.u.chi.

人盡皆知

說明 十分透徹的了解。

會話練習

A 女の子をほっといて逃げるなんてひどいよ。
o.n.na.no.ko.o./ho.tto.i.te./ni.ge.ru.na.n.te./hi.do.i.yo.
留女孩子一個人自己逃跑真過分！

B ごめん、怖すぎて…。僕はなんてよわむしなんだ。
go.me.n./ko.wa.su.gi.te./bo.ku.na.n.te./yo.wa.mu.shi.na.n.da.
對不起，因為太可怕了。我真的是膽小鬼。

A あなたがよわむしだってことはみんな百も承知よ。
a.na.ta.ga./yo.wa.mu.shi.da.tte./ko.to.wa./mi.n.na./hya.ku.mo.sho.u.chi.yo.
你很懦弱這件事，是眾所皆知的啊！

B みんな？そんな大げさだ。
mi.n.na./so.n.na.o.o.ge.sa.da.
眾所皆知？你也太誇張了吧！

•track 150

ふいになる

fu.i.ni.na.ru.

努力卻落空

比喻付出了努力的事情，最後卻是一場空。

會話練習

A テストが中止になって、勉強はふいになった…。

te.su.to.ga.chu.u.shi.ni.na.tte./be.n.kyo.u.wa./fu.i.ni.na.tta.

考試取消了，付出的努力都白廢了…。

B 仕方がないよ、先生が風邪を引いたんだから。

shi.ka.ta.ga.na.i.yo./se.n.se.i.ga./ka.ze.o.hi.i.ta.n.da.ka.ra.

沒辦法，老師感冒了嘛。

會話練習

A 厳しい練習をつんだのに、負けてしまった。今までの苦労がふいになり、悔しい！

ki.bi.shi.i.re.n.shu.u.o./tsu.n.da.no.ni./ma.ke.te.shi.ma.tta./i.ma.ma.de.no.ku.ro.u.ga./fu.i.ni.na.ri./ku.ya.shi.i.

經過了那麼嚴格的練習，竟然輸了。付出的努力都白廢了，真不甘心！

B 気にしないで、よくやったよ！

ki.ni.shi.na.i.de./yo.ku.ya.tta.yo.

別在意，你已經做得很好了。

●track 151

腑(ふ)に落(お)ちない

fu.ni.o.chi.na.i.

不能認同

說明 不能心服口服，和「合点がいかない」同義。

會話練習

A この映画(えいが)、面白(おもしろ)かったね。
ko.no.e.i.ga./o.mo.shi.ra.ka.tta.ne.
這部電影，很有趣呢！

B うん、でも最後(さいご)はちょっと…
u.n./de.mo./sa.i.go.wa.cho.tto.
嗯，可是最後有點…

A そうだよね、あの女(おんな)が犯人(はんにん)だというのが、どうにも腑(ふ)に落(お)ちないなあ。
so.u.da.yo.ne./a.no.o.n.na.ga./ha.n.ni.n.da.to.i.u.no.ga./do.u.ni.mo./fu.ni.o.chi.na.i.na.a.
對啊，那女的是犯人的事，讓人無法認同呢！

B うん、現場(げんば)にはいなかったはずなのにね。
u.n./ge.n.ba.ni.wa./i.na.ka.tta.ha.zu./na.no.ni.ne.
對啊，明明她就不在現場。

•track 151

へそを曲(ま)げる

he.so.o.ma.ge.ru.

鬧脾氣

說明 心情不好鬧脾氣的樣子。和「つむじを曲げる」同義。

會話練習

A 奈々子(ななこ)もダイエットしたほうがいいよ。
na.na.ko.mo./da.i.e.tto.shi.ta.ho.u.ga.i.i.yo.
奈奈子你最好減肥囉！

B ひどい！じゃあ、今日(きょう)のばんごはんはなし。
hi.do.i./ja.a./kyo.u.no.ba.n.go.ha.n.wa./na.shi.
真過分！那今天就不要吃晚飯了！

A 何(なん)だよ、小(ち)さいことでへそ曲(ま)げやがって！
na.n.da.yo./chi.i.sa.i.ko.to.de./he.so.ma.ge.ya.ga.tte.
幹嘛這樣，為了點小事鬧脾氣！

•track 152

ほおが落ちる

ho.o.ga.o.chi.ru.

好吃得不得了

說明 形容東西十分好吃，就像臉頰都要掉下來了一樣。

會話練習

A 今日はフルコースを用意しましたよ。
kyo.u.wa./fu.ru.ko.o.su.o./yo.u.i.shi.ma.shi.ta.yo.
今天準備了滿漢全席喔！

B やった！いただきます。
ya.tta./i.ta.da.ki.ma.su.
耶！開動了！

A おいしかった？
o.i.shi.ka.tta.
好吃嗎？

B うん、おいしくてほおが落ちそうだったよ。
u.n./o.i.shi.ku.te./ho.o.ga.o.ch.so.u.da.tta.yo.
嗯，好吃得不得了。

●track 152

骨(ほね)が折(お)れる

ho.ne.ga.o.re.ru.

十分辛苦

比喻十分辛苦的樣子。

會話練習

A ただいま。
ta.da.i.ma.
我回來了。

B お帰(かえ)りなさい。
o.ka.e.ri.na.sa.i.
歡迎回來。

A：今日(きょう)はずいぶん歩(ある)いて疲(つか)れたね。
kyo.u.wa./zu.i.bu.n.a.ru.i.te./tsu.ka.re.ta.ne.
今天走了好多路，真是累。

B 大丈夫(だいじょうぶ)？
da.i.jo.u.bu.
你還好吧？

A うん、年(とし)をとると何(なに)をやっても骨(ほね)が折(お)れるねえ。
u.n./to.shi.o.to.ru.to./na.ni.o.ya.tte.mo./ho.ne.ga.o.re.ru.ne.e.
嗯，年紀大了以後，不管做什麼都很辛苦呢！

• track 153

眉(まゆ)をひそめる

ma.yu.o./hi.so.me.ru.

皺眉

說明 因為擔心或是不開心而皺起眉頭。

會話練習

A どうしたの？何(なに)で眉(まゆ)をひそめてるの？
do.u.shi.ta.no./na.ni.de./ma.yu.o.hi.so.me.te.ru.no.
為什麼皺著眉頭呢？怎麼了嗎？

B いや、べつに。
i.ya./be.tsu.ni.
沒有，沒什麼。

A また頭(あたま)が痛(いた)いの？
ma.ta./a.ta.ma.ga./i.ta.i.no.
頭還在痛嗎？

B うん、がんがんしてる…。
u.n./ga.n.ga.n.shi.te.ru.
嗯，很痛。

•track 153

水に流す

mi.zu.ni.na.ga.su.

一筆勾銷

說明 將過去的恩怨都像流水一般流去，當作沒有發生。

會話練習

A 二人とも仲直りしなよ。
fu.ta.ri.to.mo./na.ka.na.o.ri.shi.na.yo.
兩個人就和好吧！

B じゃあ、もし大橋君が謝ったら、僕も水に流すよ。
ja.a./mo.shi.o.o.ha.shi.ku.n.ga./a.ya.ma.tta.ra./bo.ku.mo./mi.zu.ni.na.ga.su.yo.
那，如果大橋向我道歉的話，恩怨就一筆勾銷。

C 常田君こそ謝ったら、僕も水に流すよ！
ot.ki.ta.ku.n.ko.so./a.ya.ma.tta.ra./bo.ku.mo./mi.zu.ni.na.ga.su.yo.
常田你才是，你道歉的話，我就當這件事沒發生過。

A もう、けんかしたことは、お互い水に流せばいいのに。
mo.u./ke.n.ka.shi.ta.ko.to.wa./o.ta.ga.i./mi.zu.ni.na.ga.se.ba.i.i.no.ni.
真是的。你們就把吵架這件事當作沒發生就好了啊！

• track 154

みもふたもない

mi.mo.fu.ta.mo.na.i.

直接了當

說明 說話很直接，讓人無法接話。

會話練習

A　あなたみたいに背が低くちゃ、このスカートは似合わないよ。

a.na.ta.mi.ta.i.ni./se.ga.hi.ku.i.cha./ko.no.su.ka.a.to.wa./ni.a.wa.na.i.yo.

你長得這麼矮，這件裙子你不適合啦！

B　そんなみもふたもない言い方しないで、ためしに着てみたら、ぐらい言いなさいよ。

so.n.na./mi.mo.fu.ta.mo.na.i./i.i.ka.ta.shi.na.i.de./ta.me.shi.ni./ki.te.mi.ta.ra./gu.ra.i.i.i.na.sa.i.yo.

不要說話這麼直接嘛！為什麼不說說：可以試看看呀！這種話呢？

會話練習

A　あなた、ダイエットしたほうがいいわよ。

a.na.ta./da.i.e.tto.sh.ta.ho.u.ga.i.i.wa.yo.

你最好減肥喔！

B　そんな、みもふたもない言い方はひとをきずつけるって知ってる？

so.n.na./mi.mo.fu.ta.mo.na.i./i.i.ka.ta.wa./hi.to.o.ki.zu.tsu.ke.ru.tte./shi.tte.ru.

你知道直接了當的說法會傷人的心嗎？

生活短語

track 155

こんにちは

ko.n.ni.chi.wa

你好

說明 相當於中文中的「你好」。在和較不熟的朋友，還有鄰居打招呼時使用，是除了早安和晚安之外，較常用的打招呼用語。

會話練習

A こんにちは。
ko.n.ni.chi.wa.
你好。

B こんにちは、いい天気(てんき)ですね。
ko.n.ni.chi.wa./i.i.ten.ki.de.su.ne.
你好，今天天氣真好呢！

會話練習

A 篤志(あつし)さん、こんにちは。
a.tsu.shi.sa.n./ko.n.ni.chi.wa.
篤志先生，你好。

B やあ、奈津美(なつみ)さん、こんにちは。
ya.a./na.tsu.mi.sa.n./ko.n.ni.chi.wa.
啊，奈津美小姐，你好。

• track 155

すみません。

su.mi.ma.se.n.

不好意思。／謝謝。

說明 「すみません」也可說成「すいません」，這句話可說是日語會話中最常用、也最好用的一句話。無論是在表達歉意、向人開口攀談、甚至是表達謝意時，都可以用「すみません」一句話來表達自己的心意。用日語溝通時經常使用此句，絕對不會失禮。

會話練習

A あのう…、ここは禁煙(きんえ)です。
a.no.u./ko.ko.wa.ki.n.e.n.de.su.
呃，這裡禁菸。

B あっ、すみません。
a./su.mi.ma.se.n.
啊，對不起。

例 あのう、すみません。
a.no.u./su.mi.ma.se.n.
那個，不好意思。（請問……）

わざわざ来(き)てくれて、すみません。
wa.za.wa.za./ki.te.ku.re.te./su.mi.ma.se.n.
勞煩您特地前來，真是謝謝。

track 156

おはよう。

o.ha.yo.u.

早安

說明 在早上遇到人時都可以用「おはようございます」來打招呼，較熟的朋友可以只說「おはよう」。另外在職場上，當天第一次見面時，就算不是早上，也可以說「おはようございます」。

會話練習

A 課長、おはようございます。
ka.cho.u./o.ha.yo.u./go.za.i.ma.su.
課長，早安。

B おはよう。今日も暑いね。
o.ha.yo.u./kyo.u.mo./a.tsu.i.ne.
早安。今天還是很熱呢！

例 お父さん、おはよう。
o.to.u.sa.n./o.ha.yo.u.
爸，早安。

おはよう、今日もいい天気ですね。
o.ha.yo.u./kyo.u.mo.i.i.te.n.ki.de.su.ne.
早安。今天也是好天氣呢！

おはようございます、お出かけですか。
o.ha.yo.u.go.za.i.ma.su./o.de.ka.ke.de.su.ka.
早安，要出門嗎？

track 156

お元気(げんき)ですか？

o.ge.n.ki.de.su.ka.

近來好嗎？

說明 在遇到許久不見的朋友時可以用這句話來詢問對方的近況。但若是經常見面的朋友，則不會使用這句話。

會話練習

A 田口(たぐち)さん、お久(ひさ)しぶりです。お元気(げんき)ですか？

ta.gu.chi.sa.n./o.hi.sa.shi.bu.ri.de.su./o.ge.n.ki.de.su.ka.

田口先生，好久不見了。近來好嗎？

B ええ、おかげさまで元気(げんき)です。鈴木(すずき)さんは？

e.e./o.ka.ge.sa.ma.de./ge.n.ki.de.su./su.zu.ki.sa.n.wa.

嗯，託你的福，我很好。鈴木先生你呢？

例 元気(げんき)？

ge.n.ki.

還好嗎？

ご家族(かぞく)は元気(げんき)ですか。

go.ka.zo.ku.wa./ge.n.ki.de.su.ka.

家人都好嗎？

元気(げんき)です。

ge.n.ki.de.su.

我很好。

• track 157

おやすみ。

o.ya.su.mi.

晚安。

說明 晚上睡前向家人道晚安，祝福對方也有一夜好眠。

會話練習

A 眠いから先に寝るわ。
ne.mu.i.ka.ra./sa.ki.ni.nu.ru.wa.
我想睡了，先去睡囉。

B うん、おやすみ。
u.n./o.ya.su.mi.
嗯，晚安。

會話練習

A では、おやすみなさい。明日も頑張りましょう。
de.wa./o.ya.su.mi.na.sa./a.shi.ta.mo./ga.n.ba.ri.ma.sho.u.
那麼，晚安囉。明天再加油吧！

B はい。おやすみなさい。
ha.i./o.ya.su.mi.na.sa.i.
好的，晚安。

• track 157

ありがとう。

a.ri.ga.to.u.

謝謝。

說明 向人道謝時，若對方比自己地位高，可以用「ありがとうございます」。而一般的朋友或是後輩，則是說「ありがとう」即可。

會話練習

A これ、つまらない物(もの)ですが。
ko.re./tsu.ma.ra.na.i.mo.no.de.su.ga.
這個給你，一點小意思。

B どうもわざわざありがとう。
do.u.mo./wa.za.wa.sa.a.ri.ga.to.u.
謝謝你的用心。

例 ありがとうございます。
a.ri.ga.to.u./go.za.i.ma.su.
謝謝。

感動(かんどう)と興奮(こうふん)をありがとう。
ka.n.do.u.to./ko.u.fu.n.o./a.ri.ga.to.u.
謝謝你帶給我的感動和興奮。

手伝(てつだ)ってくれてありがとう。
te.tsu.da.tte.ku.re.te./a.ri.ga.to.u.
謝謝你的幫忙。

track 158

ごめん。

go.me.n.

對不起。

說明 「ごめん」和「すみません」比起來，較不正式。只適合用於朋友、家人間。若是不小心撞到別人，或是向人鄭重道歉時，還是要用「すみません」才不會失禮喔！

會話練習

A カラオケに行(い)かない？
ka.ra.o.ke.ni./i.ka.na.i.
要不要一起去唱卡拉 OK？

B ごめん、今日(きょう)は用事(ようじ)があるんだ。
go.me.n./kyo.u.wa.yo.u.ji.a.ru.n.da.
對不起，我今天剛好有事。

例 名前(なまえ)を間違(まちが)えちゃった。ごめんね。
na.ma.e.o./ma.chi.ga.e.cha.tta./go.me.n.ne.
弄錯了你的名字，對不起。

ごめんなさい。
go.me.n.na.sa.i.
真對不起。

約束(やくそく)を守(まも)らなくてごめんなさい。
ya.ku.so.ku.o./ma.mo.ra.na.ku.te./go.me.n.na.sa.i.
不能遵守約定，真對不起。

● track 158

いただきます。

i.ta.da.ki.ma.su.

開動了。

說明 日本人用餐前，都會說「いただきます」，即使是只有自己一個人用餐的時候也照說不誤。這樣做表現了對食物的感激和對料理人的感謝。

會話練習

A　わあ、おいしそう！お兄(にい)ちゃんはまだ？
wa.a./o.i.shi.so.u./o.ni.i.cha.n.wa./ma.da.
哇，看起來好好吃喔！哥哥他還沒回來嗎？

B　今日(きょう)は遅(おそ)くなるって言(い)ってたから、先(さき)に食(た)べてね。
kyo.u.wa./o.so.ku.na.ru.tte./i.tte.ta.ka.ra./sa.ki.ni.ta.be.te.ne.
他說今天會晚一點，你先吃吧！

A　やった！いただきます。
ya.tta./i.ta.da.ki.ma.su.
太好了！開動了。

例　お先(さき)にいただきます。
o.sa.ki.ni./i.ta.da.ki.ma.su.
我先開動了。

いい匂(にお)いがする！いただきます。
i.i.ni.o.i.ga./su.ru./i.ta.da.ki.ma.su.
聞起來好香喔！我要開動了。

• track 159

行(い)ってきます。

i.tte.ki.ma.su.

我要出門了。

說明 在出家門前，或是公司的同事要出門處理公務時，都會說「行ってきます」，告知自己要出門了。另外參加表演或比賽時，上場前也會說這句話喔！

會話練習

A じゃ、行(い)ってきます。
ja./i.tte.ki.ma.su.
那麼，我要出門了。

B 行(い)ってらっしゃい、鍵(かぎ)を忘(わす)れないでね。
i.tte.ra.ssha.i./ka.gi.o.wa.su.re.na.i.de.ne.
慢走。別忘了帶鑰匙喔！

會話練習

A お客(きゃく)さんのところに行(い)ってきます。
o.kya.ku.sa.no.no./to.ko.ro.ni./i.tte.ki.ma.su.
我去拜訪客戶了。

B 行(い)ってらっしゃい。頑張(がんば)ってね。
i.tte.ra.ssha.i./ga.n.ba.tte.ne.
請慢走。加油喔！

track 159

行ってらっしゃい。

i.tte.ra.ssha.i.

請慢走。

說明 聽到對方說「行ってきます」的時候，我們就要說「行ってらっしゃい」表示祝福之意。

會話練習

A 行ってきます。
i.tte.ki.ma.su.
我要出門了。

B 行ってらっしゃい。気をつけてね。
i.tte.ra.ssha.i./ki.o.tsu.ke.te.ne.
請慢走。路上小心喔！

例 おはよう、行ってらっしゃい。
o.ha.yo.u./i.tte.ra.ssha.i.
早啊，請慢走。

気をつけて行ってらっしゃい。
ki.o.tsu.ke.te./i.tte.ra.ssha.i.
路上請小心慢走。

行ってらっしゃい。早く帰ってきてね。
i.tte.ra.ssha.i./ha.ya.ku.ka.e.te.ki.te.ne.
請慢走。早點回來喔！

● track 160

ただいま。

ta.da.i.ma.

我回來了。

說明 從外面回到家中或是公司時，會說這句話來告知大家自己回來了。另外，回到久違的地方，也可以說「ただいま」。

會話練習

A ただいま。
ta.da.i.ma.
我回來了。

B お帰(かえ)り。手(て)を洗(あら)って、うがいして。
o.ka.e.ri./te.o.a.ra.tte./u.ga.i.shi.te.
歡迎回來。快去洗手、漱口。

會話練習

A ただいま。
ta.da.i.ma.
我回來了。

B お帰(かえ)りなさい、今日(きょう)はどうだった？
o.ka.e.ri.na.sa.i./kyo.u.wa.do.u.da.tta.
歡迎回來。今天過得如何？

track 160

お帰(かえ)り。

o.ka.e.ri.

歡迎回來。

說明 遇到從外面歸來的家人或朋友，表示自己歡迎之意時，會說「お帰り」，順便慰問對方在外的辛勞。

會話練習

A ただいま。
ta.da.i.ma.
我回來了。

B お帰(かえ)り。今日(きょう)は遅(おそ)かったね。何(なに)かあったの？
o.ka.e.ri./kyo.u.wa.o.so.ka.tta.ne./na.ni.ka.a.tta.no.
歡迎回來。今天可真晚，發生什麼事嗎？

例 お母(かあ)さん、お帰(かえ)りなさい。
o.ka.a.sa.n./o.ka.e.ri.na.sa.i.
媽媽，歡迎回家。

由紀君(ゆきくん)、お帰(かえ)り。テーブルにおやつがあるからね。
yu.ki.ku.n./o.ka.e.ri./te.e.bu.ru.ni./o.ya.tsu.ga.a.ru.ka.ra.ne.
由紀，歡迎回來。桌上有點心喔！

● track 161

じゃ、また。

ja./ma.ta.

下次見。

說明 這句話多半使用在和較熟識的朋友道別的時候，另外在通mail或簡訊時，也可以用在最後，當作「再聯絡」的意思。另外也可以說「では、また」。

會話練習

A あっ、チャイムが鳴(な)った。早(はや)く行(い)かないと怒(おこ)られるよ。
a./cha.i.mu.ga.na.tta./ha.ya.ku.i.ka.na.i.to./o.ko.ra.re.ru.yo.
啊！鐘聲響了。再不快走的話就會被罵了。

B じゃ、またね。
ja./ma.ta.ne.
那下次見囉！

例 じゃ、また後(あと)でね。
ja./ma.ta.a.to.de.ne.
待會見。

じゃ、また明日(あした)。
ja./ma.ta.a.shi.ta.
明天見。

じゃ、また会(あ)いましょう。
ja./ma.ta.a.i.ma.sho.u.
有緣再會。

● track 161

お疲(つか)れ様(さま)。

o.tsu.ka.re.sa.ma.

辛苦了。

說明 當工作結束後，或是在工作場合遇到同事、上司時，都可以用「お疲れ様」來慰問對方的辛勞。至於上司慰問下屬辛勞，則可以用「ご苦労様」「ご苦労様でした」「お疲れ」「お疲れさん」。

會話練習

A ただいま戻(もど)りました。
ta.da.i.ma.mo.do.ri.ma.shi.ta.
我回來了。

B おっ、田中(たなか)さん、お疲(つか)れ様(さま)でした。
o.ta.na.ka.sa.n./o.tsu.ka.re.sa.ma.de.shi.ta.
喔，田中先生，你辛苦了。

例 お仕事(しごと)お疲(つか)れ様(さま)でした。
o.shi.go.to./o.tsu.ka.re.sa.ma.de.shi.ta.
工作辛苦了。

では、先(さき)に帰(かえ)ります。お疲(つか)れ様(さま)でした。
de.wa./sa.ki.ni.ka.e.ri.ma.su./o.tsu.ka.re.sa.ma.de.shi.ta.
那麼，我先回家了。大家辛苦了。

お疲(つか)れ様(さま)。お茶(ちゃ)でもどうぞ。
o.tsu.ka.re.sa.ma./o.cha.de.mo.do.u.zo.
辛苦了。請喝點茶。

track 162

いらっしゃい。

i.ra.ssha.i.

歡迎。

說明 到日本旅遊進到店家時，第一句聽到的就是這句話。而當別人到自己家中拜訪時，也可以用這句話表示自己的歡迎之意。

會話練習

A いらっしゃい、どうぞお上（あ）がりください。
i.ra.ssha.i./do.u.zo.u./o.a.ga.ri.ku.da.sa.i.
歡迎，請進來坐。

B 失礼（しつれい）します。
shi.tsu.re.i.shi.ma.su.
打擾了。

會話練習

A いらっしゃいませ、ご注文（ちゅうもん）は何（なに）ですか？
i.ra.ssha.i.ma.se./go.chu.u.mo.n.wa./na.nn.de.su.ka.
歡迎光臨，請要問點些什麼？

B チーズバーガーのハッピーセットを一（ひと）つください。
chi.i.zu.ba.a.ga.a.no./ha.ppi.i.se.tto.o./hi.to.tsu.ku.da.sa.i.
給我一份起士漢堡的快樂兒童餐。

A かしこまりました。
ka.shi.ko.ma.ri.ma.shi.ta.
好的。

track 162

どうぞ。

do.u.so.

請。

說明 這句話用在請對方用餐、自由使用設備時，希望對方不要有任何顧慮，儘管去做。

會話練習

A コーヒーをどうぞ。
ko.o.hi.i.o.do.u.zo.
請喝咖啡。

B ありがとうございます。
a.ri.ga.to.u./go.za.i.ma.su.
謝謝。

例 どうぞお先(さき)に。
do.u.zo./o.sa.ki.ni.
您請先。

はい、どうぞ。
ha.i./do.u.zo.
好的，請用。

どうぞよろしく。
do.u.zo./yo.ro.shi.ku.
請多包涵。

● track 163

どうも。

do.u.mo.

你好。／謝謝。

說明 和比較熟的朋友或是後輩，見面時可以用這句話來打招呼。向朋友表示感謝時，也可以用這句話。

會話練習

A そこのお皿(さら)を取(と)ってください。
so.ko.no.o.sa.ra.o./to.tte.ku.da.sa.i.
可以幫我那邊那個盤子嗎？

B はい、どうぞ。
ha.i./do.u.zo.
在這裡，請拿去用。

A どうも。
do.u.mo.
謝謝。

例 どうも。
do.u.mo.
你好。／謝謝。

この間(あいだ)はどうも。
ko.no.a.i.da.wa./do.u.mo.
前些日子謝謝你了。

• track 163

もしもし。

mo.shi.mo.shi.

喂。

說明 當電話接通時所講的第一句話，用來確認對方是否聽到了。

會話練習

A もしもし、田中(たなか)さんですか？
mo.shi.mo.shi./ta.na.ka.sa.n.de.su.ka.
喂，請問是田中嗎？

B はい、そうです。
ha.i./so.u.de.su.
是的，我就是。

會話練習

A もしもし、聞(き)こえますか？
mo.shi.mo.shi./ki.ko.e.ma.su.ka.
喂，聽得到嗎？

B ええ、どなたですか？
e.e./do.na.ta.de.su.ka.
嗯，聽得到。請問是哪位？

track 164

よい一日(いちにち)を。

yo.i.i.chi.ni.chi.o.

祝你有美好的一天。

說明 「よい」在日文中是「好」的意思，後面接上了「一日」就表示祝福對方能有美好的一天。

會話練習

A では、よい一日(いちにち)を。
de.wa./yo.i.i.chi.ni.chi.o.
那麼，祝你有美好的一天。

B よい一日(いちにち)を。
yo.i.i.chi.ni.chi.o.
也祝你有美好的一天。

例 よい休日(きゅうじつ)を。
yo.i.kyu.u.ji.tsu.o.
祝你有個美好的假期。

よいお年(とし)を。
yo.i.o.to.shi.o.
祝你有美好的一年。

よい週末(しゅうまつ)を。
yo.i.shu.u.ma.tsu.o.
祝你有個美好的週末。

track 164

お久(ひさ)しぶりです。

o.hi.sa.shi.bu.ri.de.su.

好久不見。

說明 在和對方久別重逢時，見面時可以用這句話，表示好久不見。

會話練習

A こんにちは。お久(ひさ)しぶりです。
ko.n.ni.chi.wa./o.hi.sa.shi.bu.ri.de.su.
你好。好久不見。

B あら、小林(こばやし)さん。お久(ひさ)しぶりです。お元気(げんき)ですか？
a.ra./ko.ba.ya.shi.sa.n./o.hi.sa.shi.bu.ri.de.su./o.ge.n.ki.de.su.ka.
啊，小林先生。好久不見了。近來好嗎？

會話練習

A 久(ひさ)しぶり。
hi.sa.shi.bu.ri.
好久不見。

B いや、久(ひさ)しぶり。元気(げんき)？
i.ya./hi.sa.shi.bu.ri./ge.n.ki.
嘿！好久不見。近來好嗎？

● track 165

さよなら。

sa.yo.na.ra.

再會。

說明 「さようなら」多半是用在雙方下次見面的時間是很久以後，或者是其中一方要到遠方時。若是和經常見面的人道別，則是用「じゃ、また」就可以了。

會話練習

A じゃ、また連絡(れんらく)しますね。

ja./ma.ta.re.n.ra.ku.shi.ma.su.ne.

那麼，我會再和你聯絡的。

B ええ、さよなら。

e.e./sa.yo.na.ra.

好的，再會。

例 さよならパーティー(ぱ)。

sa.yo.na.ra.pa.a.ti.i.

惜別會。

明日(あした)は卒業式(そつぎょうしき)でいよいよ学校(がっこう)ともさよならだ。

a.shi.ta.wa./so.tsu.gyo.u.shi.ki.de./i.yo.i.yo./ga.kkou.to.mo./sa.yo.na.ra.

明天的畢業典禮上就要和學校說再見了。

●track 165

失礼(しつれい)します。

shi.tsu.re.i.shi.ma.su.

再見。／抱歉。

說明 當自己覺得懷有歉意，或者是可能會打擾對方時，可以用這句話來表示。而當自己要離開，或是講電話時要掛電話前，也可以用「失礼します」來表示再見。

會話練習

A これで失礼(しつれい)します。
ko.re.de./shi.tsu.re.i.shi.ma.su.
不好意思我先離開了。

B はい。ご苦労様(くろうさま)でした。
ha.i./go.ku.ro.u.sa.ma.de.shi.ta.
好的，辛苦了。

會話練習

A 返事(へんじ)が遅(おく)れて失礼(しつれい)しました。
he.n.ji.ga./o.ku.re.te./shi.tsu.re.i.shi.ma.shi.ta.
抱歉我太晚給你回音了。

B 大丈夫(だいじょうぶ)です。気(き)にしないでください。
da.i.jo.u.bu.de.su./ki.ni.shi.na.i.de./ku.da.sa.i.
沒關係，不用在意。

•track 166

よろしく。

yo.ro.sh.ku.

請多照顧。／問好。

說明 這句話含有「關照」、「問好」之意，所以可以用在初次見面時請對方多多指教的情形。另外也可以用於請對方代為向其他人問好時。

會話練習

A 今日(きょう)の同窓会(どうそうかい)、行(い)かないの？

kyo.u.no./do.u.so.u.ka.i./i.ka.na.i.no.

今天的同學會，你不去嗎？

B うん、仕事(しごと)があるんだ。みんなによろしく伝(つた)えて。

u.n./shi.go.to.ga./a.ru.n.da./mi.n.na.ni.yo.ro.shi.ku.tsu.ta.e.te.

是啊，因為我還有工作。代我向大家問好。

例 ご家族(かぞく)によろしくお伝(つた)えください。

go.ka.zo.ku.ni./yo.ro.shi.ku.o./tsu.da.e.te.ku.da.sa.i.

代我向你的家人問好。

よろしくお願(ねが)いします。

yo.ro.shi.ku./o.ne.ga.i.shi.ma.su.

還請多多照顧包涵。

よろしくね。

yo.ro.shi.ku.ne.

請多照顧包涵。

●track 166

お大事に。

o.da.i.ji.ni.

請保重身體。

說明 當談話的對象是病人時，在離別之際，會請對方多保重，此時，就可以用這句話來表示請對方多注意身體，好好養病之意。

會話練習

A インフルエンザですね。二、三日は家で休んだほうがいいです。
i.n.fu.ru.e.n.za.de.su.ne./ni.sa.n.ni.chi.wa./i.e.de.ya.su.n.da.ho.u.ga./i.i.de.su.
你得了流感。最好在家休息個兩、三天。

B はい、分かりました。
ha.i./wa.ka.ri.ma.shi.ta.
好的，我知道了。

A では、お大事に。
de.wa./o.da.i.ji.ni.
那麼，就請保重身體。

例 どうぞお大事に。
do.u.zo./o.da.i.ji.ni.
請保重身體。

お大事に、早くよくなってくださいね。
o.ka.i.ji.ni./ha.ya.ku./yo.ku.na.tte./ku.da.sa.i.ne.
請保重，要早點好起來喔！

●track 167

先日は。

せんじつ

se.n.ji.tsu.wa.

前些日子。

說明 「先日」有前些日子的意思，日本人的習慣是受人幫助或是到別人家拜訪後，再次見面時，仍然要感謝對方前些日子的照顧。若是沒有提起的話，有可能會讓對方覺得你很失禮喔！

會話練習

A 花田(はなだ)さん、先日(せんじつ)は結構(けっこう)なものをいただきまして、本当(ほんとう)にありがとうございます。
ha.na.da.sa.n./se.n.ji.tsu.wa./ke.kkou.na.mo.no.o./i.ta.da.ki.ma.shi.te./ho.n.to.u.ni.a.ri.ga.to.u./go.za.i.ma.su.
花田先生，前些日子收了您的大禮，真是謝謝你。

B いいえ、大(たい)したものでもありません。
i.i.e./ta.i.shi.ta.mo.no.de.mo./a.ri.ma.se.n.
哪兒的話，又不是什麼貴重的東西。

例 先日(せんじつ)はどうもありがとうございました。
se.n.ji.tsu.wa./do.u.mo.a.ri.ga.to.u./go.za.i.ma.shi.ta.
前些日子謝謝你的照顧。

先日(せんじつ)は失礼(しつれい)しました。
se.n.ji.tsu.wa./shi.tsu.re.i.shi.ma.shi.ta.
前些日子的事真是感到抱歉。

● track 167

申し訳(もうわけ)ありません。

mo.u.shi.wa.ke.a.ri.ma.se.n.

深感抱歉。

說明 想要鄭重表達自己的歉意，或者是向地位比自己高的人道歉時，只用「すみません」，會顯得誠意不足，應該要使用「申し訳ありません」、「申し訳ございません」，表達自己深切的悔意。

會話練習

A こちらは102号室(いちまるにごうしつ)です。エアコンの調子(ちょうし)が悪(わる)いようです。

ko.chi.ra.wa./i.chi.ma.ru.ni.go.u.shi.tsu.de.su./e.a.ko.n.no.cho.u.shi.ga./wa.ru.i.yo.u.de.su.

這裡是102號房，空調好像有點怪怪的。

B 申し訳(もうわけ)ありません。ただいま点検(てんけん)します。

mo.u.shi.wa.ke.a.ri.ma.se.n./ta.da.i.ma.te.n.ke.n.shi.ma.su.

真是深感抱歉，我們現在馬上去檢查。

例 みんなさんに申し訳(もうわけ)ない。

mi.n.na.sa.n.ni./mo.u.shi.wa.ke.na.i.

對大家感到抱歉。

申し訳(もうわけ)ありませんが、明日(あした)は出席(しゅっせき)できません。

mo.shi.wa.ke.a.ri.ma.se.n./a.shi.ta.wa./shu.sse.ki.de.ki.ma.se.n.

真是深感抱歉，我明天不能參加了。

track 168

迷惑をかける。

me.i.wa.ku.o.ka.ke.ru.

造成困擾。

說明 日本社會中，人人都希望盡量不要造成別人的困擾，因此當自己有可能使對方感到不便時，就會主動道歉，而生活中也會隨時提醒自己的小孩不要影響到他人。

會話練習

A ご迷惑をおかけして申し訳ありませんでした。
go.me.i.wa.ku.o./o.ka.ke.shi.te./mo.u.shi.wa.ke.a.ri.ma.se.n.de.shi.ta.
造成您的困擾，真是深感抱歉。

B 今後はしっかりお願いしますよ。
ko.n.go.wa./shi.kka.ri.o.ne.ga.i.shi.ma.su.yo.
之後你要多注意點啊！

例 他人に迷惑をかけるな！
ta.ni.n.ni./me.i.wa.ku.o.ka.ke.ru.na.
不要造成別人的困擾！

人の迷惑にならないように気をつけて。
hi.to.no.me.i.wa.ku.ni./na.ra.na.i.yo.u.ni./ki.o.tsu.ke.te.
小心不要造成別人的困擾。

track 168

どうもご親切(しんせつ)に。

do.u.mo./go.shi.n.se.tsu.ni.

謝謝你的好意。

說明 「親切」指的是對方的好意，和中文的「親切」意思非常相近。當自己接受幫助時，別忘了感謝對方的好意喔！

會話練習

A 空港(くうこう)までお迎(むか)えに行(い)きましょうか。
ku.u.ko.u.ma.de./o.mu.ka.e.ni.i.ki.ma.sho.u.ka.
我到機場去接你吧！

B どうもご親切(しんせつ)に。
do.u.mo.go.shi.n.se.tsu.ni.
謝謝你的好意。

例 ご親切(しんせつ)は忘(わす)れません。
go.shi.n.se.tsu.wa./wa.su.re.ma.se.n.
你的好意我不會忘記的。

花田(はなだ)さんは本当(ほんとう)に親切(しんせつ)な人(ひと)だ。
ha.na.da.sa.n.wa./ho.n.to.u.ni./shi.n.se.tsu.na.hi.to.da.
花田小姐真是個親切的人。

track 169

恐(おそ)れ入(い)ります。

o.so.re.i.ri.ma.su.

抱歉。／不好意思。

說明 這句話含有誠惶誠恐的意思，當自己有求於人，又怕對方正在百忙中無法抽空時，就會用這句話來表達自己實在不好意思之意。

會話練習

A お休(やす)み中(ちゅう)に恐(おそ)れ入(い)ります。
o.ya.su.mi.chu.u.ni./o.so.re.i.ri.ma.su.
不好意思，打擾你休息。

B 何(なん)ですか？
na.n.de.su.ka.
有什麼事嗎？

例 ご迷惑(めいわく)を掛(か)けまして恐(おそ)れ入(い)ります。
go.me.i.wa.ku.o.ka.ke.ma.shi.te./o.so.re.i.ri.ma.su.
不好意思，造成你的麻煩。

まことに恐(おそ)れ入ります。
ma.ko.to.ni./o.so.re.i.ri.ma.su.
真的很不好意思。

恐(おそ)れ入(い)りますが、今何時(いまなんじ)でしょうか？
o.so.re.i.ri.ma.su.ga./i.ma.na.n.ji.de.sho.u.ka.
不好意思，請問現在幾點？

●track 169

世話(せわ)。

se.wa.

照顧。

說明 接受別人的照顧，在日文中就稱為「世話」。無論是隔壁鄰居，還是小孩學校的老師，都要感謝對方費心照應。

會話練習

A いろいろお世話(せわ)になりました。ありがとうございます。

i.ro.i.ro./o.se.wa.ni.na.ri.ma.shi.ta./a.ri.ga.to.u./go.za.i.ma.su.

受到你很多照顧，真的很感謝你。

B いいえ、こちらこそ。

i.i.e./ko.chi.ra.ko.so.

哪兒的話，彼此彼此。

例 子供(こども)の世話(せわ)をする。

ko.do.mo.no.se.wa.o.su.ru.

照顧小孩。

彼(かれ)の世話(せわ)になった。

ka.re.no.se.wa.ni.na.tta.

受他照顧了。

• track 170

結構(けっこう)です。

ke.kko.u.de.su.

好的。／不用了。

說明 「結構です」有正反兩種意思，一種是表示「可以、沒問題」；但另一種意思卻是表示「不需要」，帶有「你的好意我心領了」的意思。所以當自己要使用這句話時，別忘了透過語調和表情、手勢等，讓對方了解你的意思。

會話練習

A よかったら、もう少(すこ)し頼(たの)みませんか？
yo.ka.tta.ra./mo.u.su.ko.shi./ta.no.mi.ma.se.n.ka.
如果想要的話，要不要再多點一點菜呢？

B もう結構(けっこう)です。十分(じゅうぶん)いただきました。
mo.u.ke.kko.u.de.su./ju.u.bu.n.i.ta.da.ki.ma.shi.ta.
不用了，我已經吃很多了。

例 いいえ、結構(けっこう)です。
i.i.e./ke.kko.u.de.su.
不，不用了。

お支払(しはら)いはクレジットカードでも結構(けっこう)です。
o.shi.ha.ra.i.wa./ku.re.ji.tto.ka.a.do.de.mo./ke.kko.u.de.su.
也可以用信用卡付款。

track 170

遠慮(えんりょ)しないで。

e.n.ryo.u.shi.na.i.de.

不用客氣。

說明 因為日本民族性中，為了盡量避免造成別人的困擾，總是經常拒絕或是有所保留。若遇到這種情形，想請對方不用客氣，就可以使用這句話。

會話練習

A 遠慮(えんりょ)しないで、たくさん召(め)し上(あ)がってくださいね。
e.n.ryo.u.shi.na.i.de./ta.ku.sa.n.me.shi.a.ga.tte./ku.da.sa.i.ne.
不用客氣，請多吃點。

B では、お言葉(ことば)に甘(あま)えて。
de.wa./o.ko.to.ba.ni.a.ma.e.te.
那麼，我就恭敬不如從命。

例 ご遠慮(えんりょ)なく。
go.e.n.ryo.na.ku.
請別客氣。

遠慮(えんりょ)なくちょうだいします。
e.n.ryo.na.ku./cho.u.da.i.shi.ma.su.
那我就不客氣了。

● track 171

お待(ま)たせ。

o.ma.ta.se.

久等了。

說明 當朋友相約，其中一方較晚到時，就可以說「お待たせ」。而在比較正式的場合，比如說是面對客戶時，無論對方等待的時間長短，還是會說「お待たせしました」，來表示讓對方久等了，不好意思。

會話練習

A ごめん、お待(ま)たせ。
go.me.n./o.ma.ta.se.
對不起，久等了。

B ううん、行(い)こうか。
u.u.n./i.ko.u.ka.
不會啦！走吧。

例 お待(ま)たせしました。
o.ma.ta.se.shi.ma.shi.ta.
讓你久等了。

お待(ま)たせいたしました。
o.ma.ta.se.i.ta.shi.ma.shi.ta.
讓您久等了。

●track 171

とんでもない。

to.n.de.mo.na.i.

哪兒的話。／太不合情理了啦！

說明 這句話是用於表示謙虛。當受到別人稱讚時，回答「とんでもないです」，就等於是中文的「哪兒的話」。而當自己接受他人的好意時，則用這句話表示自己沒有好到可以接受對方的盛情之意。

會話練習

A これ、つまらない物(もの)ですが。
ko.re./tsu.ma.ra.na.i.mo.no.de.su.ga.
送你，這是一點小意思。

B お礼(れい)をいただくなんてとんでもないことです。
o.re.i.o.i.ta.da.ku.na.n.te./to.n.de.mo.na.i.ko.to.de.su.
怎麼能收你的禮？真是太不合情理了啦！

例 とんでもありません。
to.n.de.mo.a.ri.ma.se.n.
哪兒的話。

まったくとんでもない話(はなし)だ。
ma.tta.ku.to.n.de.mo.na.i.ha.na.shi.da.
真是太不合情理了。／您太客氣了。

• track 172

せっかく。

se.kka.ku.

難得。

說明 遇到兩人難得相見的場面，可以用「せっかく」來表示機會難得。有時候，則是用說明自己或是對方專程做了某些準備，但是結果卻不如預期的場合。

會話練習

A せっかくだから、ご飯(はん)でも行(い)かない？
se.kka.ku.da.ka.ra./go.ha.n.de.mo.i.ka.na.i.
難得見面，要不要一起去吃飯？

B ごめん、ちょっと用(よう)があるんだ。
go.me.n./sho.tto.yo.u.ga.a.ru.n.da.
對不起，我還有點事。

例 せっかくの料理(りょうり)が冷(さ)めてしまった。
se.kka.ku.no.ryo.ri.ga./sa.me.te.shi.ma.tta.
特地做的餐點都冷了啦！

せっかくですが結構(けっこう)です。
se.kka.ku.de.su.ga./ke.kko.u.de.su.
難得你特地邀約，但不用了。

● track 172

おかげで。

o.ka.ge.de.

託福。

說明 當自己接受別人的恭賀時，在道謝之餘，同時也感謝對方之前的支持和幫忙，就會用「おかげさまで」來表示自己的感恩之意。

會話練習

A 試験(しけん)はどうだった？
shi.ke.n.wa./do.u.da.tta.
考試結果如何？

B 先生(せんせい)のおかげで合格(ごうかく)しました。
se.n.se.i.no.o.ka.ge.de./ko.u.ga.ku.shi.ma.shi.ta.
託老師的福，我通過了。

例 おかげさまで。
o.ka.ge.sa.ma.de.
託你的福。

あなたのおかげです。
a.na.ta.no.o.ka.ge.de.su.
託你的福。

• track 173

どういたしまして。

do.u.i.ta.shi.ma.shi.te.

不客氣。

說明 幫助別人之後，當對方道謝時，要表示自己只是舉手之勞，就用「どういたしまして」來表示這只是小事一樁，何足掛齒。

會話練習

A ありがとうございます。
a.ri.ga.to.u./go.za.i.ma.su.
謝謝。

B いいえ、どういたしまして。
i.i.e./do.u.i.ta.shi.ma.shi.te.
不，不用客氣。

會話練習

A 杉浦（すぎうら）さん、先日（せんじつ）はお世話（せわ）になりました。大変助（たいへんたす）かりました。
su.gi.mu.ra.sa.n./se.n.ji.tsu.wa./o.se.wa.ni.na.ri.ma.shi.ta./ta.i.he.n.ta.su.ka.ri.ma.shi.ta.
杉浦先生，前些日子受你照顧了。真是幫了我大忙。

B いいえ、どういたしまして。
i.i.e./do.u.i.ta.shi.ma.shi.te.
不，別客氣。

• track 173

払(はら)います。

a.ra.i.ma.su.

我付錢。

說明 在結帳的時候，想要表明這餐由我來付的話，就可以說「払います」。

會話練習

A これはわたしが払(はら)います。
ko.re.wa./wa.ta.shi.ga./ha.ra.i.ma.su.
我請客！

B いいよ。僕(ぼく)がおごるから。
i.i.yo./bo.ku.ga./o.go.ru.ka.ra.
不用啦，我請客。

例 クレジットカードで払(はら)います。
ku.re.ji.tto.ka.a.do.de./ha.ra.i.ma.su.
用信用卡付款。

割(わ)り勘(かん)で別々(べつべつ)に払(はら)いましょうか？
wa.ri.ka.n.de./be.tsu.be.tsu.ni./ha.ra.i.ma.sho.u.ka.
各付各的好嗎？

•track 174

おごる。

o.go.ru.

我請客。

說明 「おごる」是請客的意思。而「わたしがおごる」是我請客的意思；「おごってもらった」則是接受別人款待之意。

會話練習

A 給料日まではちょっと…。
kyo.u.ryo.u.bi.ma.de.wa./cho.tto.
到發薪日之前手頭有點緊。

B しょうがないなあ。わたしがおごるよ。
sho.u.ga.na.i.na.a./wa.ta.shi.ga.o.go.ru.yo.
真拿你沒辦法。那我請客吧！

例 負けたらわたしが徳井におごります。
ma.ke.ta.ra./wa.ta.shi.ga./to.ku.i.ni.o.go.ri.ma.su.
要是我輸了，就請你吧，德井。

今度はわたしのおごる番だ。
ko.n.do.wa./wa.ta.shi.no./o.go.ru.ba.n.da.
下次輪到我請了。

•track 174

揃い。

so.ro.i.

同樣的。／在一起。

說明 「揃い」有「聚在一起」「相同」的意思。可以用在人，也可以用來表示相同或類似的物品。

會話練習

A ね、お揃いのペアリングがほしい。
ne./o.so.ro.i.no./pe.a.ri.n.gu.ga./ho.shi.i.
我想要買對戒。

B うん、いいよ。
u.n./i.i.yo.
好啊。

例 マフラーと手袋と揃いのデザインだ。
ma.fu.ra.a.to./te.bu.ku.ro.to./so.ro.i.no.de.za.i.n.da.
圍巾和手套是相同的設計。

お揃いでいいですね。
o.so.ro.i.de./i.i.de.su.ne.
在一起真讓人羨慕啊！

• track 175

メール。

me.e.ru.

電子郵件。

說明 日本人所指的「メール」和我們一般電腦收發的電子郵件較不同的是，他們也泛指用手機收發的電子郵件和簡訊，在使用時需要多加留意對方指的是哪一種。

會話練習

A もう二度(にど)とメールしないで！
mo.u./ni.do.to./me.e.ru.shi.na.i.de.
不要再寄 mail 來了。

B ごめん、許(ゆる)して！
go.me.n./yu.ru.shi.te.
對不起啦，原諒我。

例 メールの添付(てんぷ)ファイルで画像(がぞう)を送(おく)る。
me.e.ru.no./te.n.pu.fa.i.ru.de./ga.zo.u.o.o.ku.ru.
圖像隨附件寄送。

メールアドレスを教(おし)えていただけませんか？
me.e.ru.a.do.re.su.o./o.shi.e.te./i.ta.da.ke.ma.se.n.ka.
請告訴我你的電子郵件信箱。

またメールしてね。
ma.ta./me.e.ru.shi.te.ne.
請再寄 mail 給我。

●track 175

大(たい)したもの。

ta.i.shi.ta.mo.no.

了不起。／重要的。

說明 「大した」有重要的意思，「大したもの」就帶有「重要的事」之意，引申有稱讚別人是「成大器之材」「很厲害」的意思。

會話練習

A お料理(りょうり)の腕(うで)は大(たい)したものですね。
o.ryo.u.ri.no.u.de.wa./ta.i.shi.ta.mo.no.de.su.ne.
這料理做得真好。

B いいえ、まだまだです。
i.i.e./ma.da.ma.da.de.su.
謝謝，我還差得遠呢！

例 彼(かれ)の英語(えいご)は大(たい)したものではない。
ka.re.no.e.i.go.wa./ta.i.shi/.ta.mo.no.de.wa.na.i.
他的英文不太好。

大(たい)したものじゃないけど、頑張(がんば)って書(か)きました。
ta.i.shi.ta.mo.no.ja.na.i.ke.do./ga.n.ba.tte./ka.ki.ma.shi.ta.
雖然不是什麼大作，但是是我努力完成的。

track 176

偶然。

gu.u.ze.n.

巧合。

說明 在路上和人巧遇，或者是聊天時發覺有共同的經驗，就可以用「偶然ですね」來表示「還真巧啊！」的意思。

會話練習

A 今日は妹の誕生日なんです。
kyo.u.wa./i.mo.u.to.no./ta.n.jo.u.bi.na.n.de.su.
今天是我妹的生日。

B えっ、わたしも二十日生まれです。偶然ですね。
e./wa.ta.shi.mo.ha.tsu.ka.u.ma.re.de.su./gu.u.ze.n.de.su.ne.
我也是二十日生日耶！真巧。

例 偶然だね。
gu.u.ze.n.da.ne.
真巧。

決して偶然ではない。
ke.sshi.te./gu.u.ze.n.de.wa.na.i.
覺對不是巧合。

偶然ある考えが浮かんだ。
gu.u.ze.n./a.ru.ka.n.ga.e.ga./u.ka.n.da.
靈光一現。

track 176

お腹(なか)。

o.na.ka.

肚子。

說明 肚子餓、肚子痛，都是用「お腹」，不特別指胃或是腸，相當於是中文裡的「肚子」。

會話練習

A ただいま。お腹(なか)がすいて死(し)にそう。
ta.da.i.ma./o.na.ka.ga.su.i.te./shi.ni.so.u.
我回來了，肚子餓到不行。

B はい、はい。ご飯(はん)できましたよ。
ha.i./ha.i./go.ha.n.de.ki.ma.shi.ta.yo.
好啦，飯菜已經作好了。

例 お腹(なか)がすきました。
o.na.ka.ga./su.ki.ma.shi.ta.
肚子餓了。

お腹(なか)が一杯(いっぱい)です。
o.na.ka.ga./i.ppa.i.de.su.
很飽。

子供(こども)がお腹(なか)を壊(こわ)した。
ko.do.mo.ga./o.na.ka.o./ko.wa.shi.ta.
小朋友吃壞肚子了。

• track 177

知(し)ってる。

shi.tte.ru.

知道。

說明 對方講的事情自己已經知道了，或是表明認識某個人，都可以用「知ってる」，在對話時，可以用來表示自己也了解對方正在討論的人或事。

會話練習

A ね、知(し)ってる？インスタントコーヒーも缶(かん)コーヒーも日本人(にほんじん)が発明(はつめい)したのよ。

ne./shi.tte.ru./i.n.su.ta.n.to.ko.o.hi.i.mo./ka.n.ko.o.hi.i.mo./ni.ho.n.ji.n.ga./ha.tsu.me.i.shi.ta.no.yo.

你知道嗎？即溶咖啡和罐裝咖啡都是日本人發明的喔！

B へえ、それは初耳(はつみみ)だ。

he.e./so.re.wa./ha.tsu.mi.mi.da.

是喔，這還是第一次聽說。

例 知(し)っていますか？

shi.tte.i.ma.su.ka.

知道嗎？

税金(ぜいきん)についても知(し)っておきたいですね。

ze.i.ki.n.ni.tsu.i.te.mo./shi.tte.o.ki.ta.i.de.su.ne.

也想要知道關於納稅的事情。

● track 177

から。

ka.ra.

從。

說明 「から」可以用在時間上，也可以用在空間上，要說明是從什麼地方或是什麼時間點開始的時候，可以使用。

會話練習

A 純一、日本に旅行するんだって？
ju.n.i.chi./ni.ho.n.ni./ryo.ko.u.su.ru.n.da.tte.
純一，聽說你要去日本旅行啊？

B 誰から聞いたの？
da.re.ka.ra./ki.i.ta.no.
你從哪兒聽來的？

例 授業は何時からですか？
ju.gyo.u.wa./na.n.ji.ka.ra.de.su.ka.
幾點開始上課？

暑いから窓を開けなさい。
a.tsu.i.ka.ra./ma.do.o./a.ke.na.sa.i.
因為很熱，請打開窗戶。

● track 178

まで。

ma.de.

到。

說明 「まで」可以用在時間上，也可以用在空間上，要說明是到什麼地方或是什麼時間點為止的時候，可以使用。

會話練習

A やあ、どちらまで？
ya.a./do.ch.ra.ma.de.
你好，要去哪？

B ええ、ちょっとそこまで。
e.e./cho.tto.so.ko.ma.de.
你好，去那邊一下。

例 会議(かいぎ)は夜遅(よるおそ)くまで続(つづ)いた。
ka.i.gi.wa./yo.ru.o.so.ku.ma.de./tsu.zu.i.ta.
會議一直進行到很晚。

来年四月(らいねんしがつ)までに完成(かんせい)する予定(よてい)だ。
ra.i.ne.n.shi.ga.tsu.ma.de.ni./ka.n.se.i.su.ru./yo.te.i.da.
預計明年四月完成。

常用問句

track 179

本当(ほんとう)？

ho.n.to.u.

真的嗎？

說明 聽完對方的說法之後，要確認對方所說的是不是真的，或者是覺得對方所說的話不大可信時，可以用這句話來表示心中的疑問。另外也可以用來表示事情真的如自己所描述。

會話練習

A 昨日(きのう)、街(まち)で芸能人(げいのうじん)を見(み)かけたんだ。

ki.no.u./ma.chi.de.ge.i.no.u.ji.n.o./mi.ka.ke.ta.n.da.

我昨天在路上看到明星耶！

B えっ、本当(ほんとう)？

e./ho.n.to.u.

真的嗎？

例 本当(ほんとう)ですか？

ho.n.to.u.de.su.ka.

真的嗎？

本当(ほんとう)に面白(おもしろ)かった。

ho.n.to.u.ni./o.mo.shi.ro.ka.tta.

真的很好玩。

•track 179

うそでしょう？

u.so.de.sho.u.

你是騙人的吧？

說明 對於另一方的說法或作法抱持著高度懷疑，感到不可置信的時候，可以用這句話來表示自己的驚訝，以再次確認對方的想法。

會話練習

A ダイヤリングをなくしちゃった。
da.i.ya.ri.n.gu.o./na.ku.shi.cha.tta.
我的鑽戒不見了！

B うそでしょう？
u.so.de.sho.u.
你是騙人的吧？

例 うそ！
u.so.
騙人！

うそだろう？
u.so.da.ro.u.
這是謊話吧？

そんなのうそに決(き)まってんじゃん！
so.n.na.no.u.so.ni./ki.ma.tte.n.ja.n.
一聽就知道是謊話。

そう？

u.so.

是嗎？／這樣啊。

說明 和熟人聊天時，聽過對方所敘述的事實後，表示自己聽到了、了解了。若是將音調提高，則是用於詢問對方所說的話是否屬實。

會話練習

A 橋本（はしもと）さんは二次会（にじかい）に来（こ）ないそうだ。
ha.shi.mo.to.sa.n.wa./ni.ji.ka.i.ni./ko.na.i.so.u.da.
橋本先生好像不來續攤了。

B そう？それは残念（ざんねん）。
so./so.re.wa.za.n.ne.n.
是嗎？那真可惜。

例 そうですか？
u.so.de.su.ka.
這樣嗎？

そっか。
so.kka.
這樣啊。

そうかなあ。
so.u.ka.na.a.
真是這樣嗎？

track 180

何？

na.ni.

什麼？

說明 聽到熟人叫自己的名字時，可以用這句話來問對方有什麼事。另外可以用在詢問所看到的人、事、物是什麼。

會話練習

A 何をしてるんですか？
na.ni.o./shi.te.ru.n.de.su.ka.
你在做什麼？

B 空を見てるんです。
so.ra.o./mi.te.ru.n.de.su.
我在看天空。

例 えっ？何？
e./na.ni.
嗯？什麼？

これは何？
ko.re.wa./na.ni.
這是什麼？

何が食べたいですか？
na.ni.ga./ta.be.ta.i.de.su.ka.
你想吃什麼？

• track 181

どう？

do.u.

怎麼樣？

說明 這句話有「如何的」「用什麼方式」之意，像是一件事怎麼做、路怎麼走之類的。例如當和朋友見面時，問「最近どうですか」就是對方最近過得怎麼樣的意思。

會話練習

A 最近(さいきん)どうですか？
sa.i.ki.n.do.u.de.su.ka.
最近過得怎麼樣？

B 相変(あいか)わらずです。
a.i.ka.wa.ra.zu.de.su.
還是老樣子。

例 どうする？
do.u.su.ru.
該怎麼辦？

どうだろう。
do.u.da.ro.u.
真是這樣嗎？／會怎麼樣？

一杯(いっぱい)どうですか？
i.ppa.i.do.u.de.su.ka.
喝一杯如何？

• track 181

ありませんか？

a.ri.ma.se.n.ka.

有嗎？

說明 問對方是否有某樣東西時，用的關鍵字就是「ありませんか」。前面只要再加上你想問的物品名稱，就可以順利詢問對方是否有該樣物品了。

會話練習

A ほかの色(いろ)はありませんか？
ho.ka.no.i.ro.wa./a.ri.ma.se.n.ka.
有其他顏色嗎？

B ブルーとグレーがございます。
bu.ru.u.to.gu.re.e.ga./go.za.i.ma.su.
有藍色和灰色。

例 何(なに)か面白(おもしろ)い本(ほん)はありませんか？
na.ni.ka./o.mo.shi.ro.i.ho.n.wa./a.ri.ma.se.n.ka.
有沒有什麼好看的書？

何(なに)か質問(しつもん)はありませんか？
na.ni.ka./shi.tsu.mo.n.wa./a.ri.ma.se.n.ka.
有沒有問題？

track 182

いつ？

i.tsu.

什麼時候？

說明 想要向對方確認時間、日期的時候，用這句話就可以順利溝通了。

會話練習

A 結婚記念日はいつ？
ke.kko.n.ki.ne.n.bi.wa./i.tsu.
你的結婚紀念日是哪一天？

B さあ、覚えていない。
sa.a./o.bo.e.te./i.na.i.
我也不記得了。

會話練習

A いつ台湾に来ましたか？
i.tsu.te.i.wa.n.ni./ki.ma.shi.ta.ka.
你是什麼時候來台灣的？

B 三ヶ月前です。
sa.n.ka.ge.tsu.ma.e.de.su.
三個月前來的。

• track 182

いくら？

i.ku.ra.

多少錢？／幾個？

說明 購物或聊天時，想要詢問物品的價格，用這句話，可以讓對方了解自己想問的是多少錢。此外也可以用在詢問物品的數量有多少。

會話練習

A これ、いくらですか？
ko.re./i.ku.ra.de.su.ka.
這個要多少錢？

B 1000円（せんえん）です。
se.n.e.n.de.su.
1000 日圓。

A じゃ、これください。
ja./ko.re.ku.da.sa.i.
那麼，請給我這個。

例 いくらですか？
i.ku.ra.de.su.ka.
請問多少錢？

この花（はな）はいくらで買（か）いましたか？
ko.no.ha.na.wa./i.ku.ra.de./ka.i.ma.shi.ta.ka.
這束花你用多少錢買的？

•track 183

どちら？

do.chi.ra.

哪裡？

說明 「どちら」是比「どこ」禮貌的說法。在詢問「哪裡」的時候使用，也可以用來表示「哪一邊」。另外在電話中也可以用「どちら様でしょうか」來詢問對方的大名。

會話練習

A 伊藤(いとう)さん、おはようございます。
i.to.u.sa.n./o.ha.yo.u.go.za.i.ma.su.
伊藤先生，早安。

B おはようございます。今日(きょう)はどちらへ？
o.ha.yo.u.go.za.i.ma.su./kyo.u.wa./do.chi.ra.e.
早安，今天要去哪裡呢？

例 駅(えき)はどちらですか？
e.ki.wa./do.chi.ra.de.su.ka.
車站是哪一棟呢？

どちらとも決(き)まらない。
do.chi.ra.to.mo./ki.ma.ra.na.
什麼都還沒決定。

どちら様(さま)でしょうか？
do.chi.ra.sa.ma.de.sho.u.ka.
請問您是哪位？

• track 183

どんな？

do.n.na.

什麼樣的？

說明 這句話有「怎麼樣的」「什麼樣的」之意，比如在詢問這是什麼樣的商品、這是怎麼樣的漫畫時，都可以使用。

會話練習

A どんな音楽(おんがく)がすきなの？
do.n.na.o.n.ga.ku.ga./su.ki.na.no.
你喜歡什麼類型的音樂呢？

B ジャズが好(す)き。
ja.zu.ga.su.ki.
我喜歡爵士樂。

例 彼(かれ)はどんな人(ひと)ですか？
ka.re.wa./do.n.na.hi.to.de.su.ka.
他是個怎麼樣的人？

どんな部屋(へや)をご希望(きぼう)ですか？
do.n.na.he.ya.o./go.ki.bo.u.de.su.ka.
你想要什麼樣的房間呢？

• track 184

どこ？

do.ko.

哪裡？

說明 要詢問人、事、物的位置在哪裡時，可以用這句話來表示疑問。尤其是在問路的時候，說出自己想去的地方，再加上這句話，就可以成功發問了。

會話練習

A あっ！小栗旬（おぐりしゅん）だ！
a./o.gu.ri.shu.n.da.
啊！小栗旬！

B えっ？どこ？どこ？
e./do.ko./do.ko.
啊？在哪裡？

例 ここはどこですか？
ko.ko.wa./do.ko.de.su.ka.
這裡是哪裡？

どこへ行（い）ってきたの？
do.ko.e./i.tte.ki.ta.no.
你剛剛去哪裡？

●track 184

どういうこと？

do.u.i.u.ko.to.

怎麼回事？

說明 當對方敘述了一件事，讓人搞不清楚是什麼意思，或者是想要知道詳情如何的時候，可以用「どういうこと」來表示疑惑，對方聽了之後就會再詳加解釋。但要注意語氣，若時語氣顯出不耐煩或怒氣，反而會讓對方覺得你是在挑釁喔！

會話練習

A 彼(かれ)と別(わか)れた。
ka.re.to./wa.ka.re.ta.
我和他分手了。

B えっ？どういうこと？
e./do.u.i.u.ko.to.
怎麼回事？

會話練習

A また転勤(てんきん)することになったの。
ma.ta./te.n.ki.n.su.ru.ko.to.ni./na.tta.no.
我又被調職了。

B えっ、一体(いったい)どういうこと？
e./e.tta.i.do.u.i.u.ko.to.
啊？到底是怎麼回事？

●track 185

どうして？

do.u.shi.te.

為什麼？

說明 想要知道事情發生的原因，或者是對方為什麼要這麼做時，就用這句話來表示自己不明白，請對方再加以說明。

會話練習

A 昨日(きのう)はどうして休(やす)んだのか？
ki.no.u.wa./do.u.shi.te./ya.su.n.da.no.ka.
昨天為什麼沒有來上班呢？

B すみません。急(きゅう)に用事(ようじ)ができて実家(じっか)に帰(かえ)ったんです。
su.mi.ma.se.n./kyu.u.ni.yo.u.ji.ga./de.ki.te./ji.kka.ni.ka.e.tta.n.de.su.
對不起，因為突然有點急事所以我回老家去了。

例 どうしていいか分(わ)からない。
do.u.shi.te.i.i.ka./wa.ka.ra.na.i.
不知道該怎麼辦。

この機械(きかい)をどうして動(うご)かすか教(おし)えてください。
ko.no.ki.ka.i.o./do.u.shi.te.u.go.ka.su.ka./o.shi.e.te./ku.da.sa.i.
請教我操作這部機器。

●track 185

マジで？

ma.ji.de.

真的嗎？／真是。

說明 這句話和「本当」的用法相同，但相較起來「マジで」是比較沒禮貌的用法，適合在和很熟稔的朋友對話時使用，多半是年輕的男性在使用。

會話練習

A それはマジで正(ただ)しいのか？
so.re.wa./ma.ji.de.ta.da.shi.i.no.ka.
那真的是正確的嗎？

B うん、正(ただ)しいよ。
u.n./ta.da.shi.i.yo.
嗯，是正確的。

例 マジでうまい店(みせ)。
ma.ji.de.u.ma.i.mi.se.
真的很好吃的餐廳。

マジでうれしいです。
ma.ji.de.u.re.shi.i.de.su.
真的很開心。

track 186

何(なん)ですか？

na.n.de.su.ka.

是什麼呢？

說明 要問對方有什麼事情，或者是看到了自己不明白的物品、文字時，都可以用這句話來發問。

會話練習

A あのう、すみません。
a.no.u./su.mi.ma.se.n.
呃，不好意思。

B ええ、何(なん)ですか？
e.e./na.n.de.su.ka.
有什麼事嗎？

例 2 LDKって何(なん)ですか？
2 LDK.tte./na.n.de.su.ka.
什麼叫做 2LDK？

これは何(なん)ですか？
ko.re.wa./na.n.de.su.ka.
這是什麼？

• track 186

どういう意味(いみ)？

do.u.i.u.i.mi.

什麼意思？

說明 日文中的「意味」就是「意思」，聽過對方的話之後，並不了解對方說這些話是想表達什麼意思時，可以用「どういう意味」加以詢問。

會話練習

A それ以上(いじょう)聞(き)かないほうがいいよ。
so.re.i.jo.u./ki.ka.na.i.ho.u.ga.i.i.yo.
你最好不要再追問下去。

B えっ、どういう意味(いみ)？
e./do.u.i.u.i.mi.
咦，為什麼？

例 意味(いみ)が分(わ)からない。
i.mi.ga./wa.ka.ra.na.i.
我不懂你的意思。

そんなことをしても意味(いみ)がない。
so.n.na.ko.to.o./shi.te.mo.i.mi.ga.na.i.
這樣做也是沒意義。

● track 187

じゃないか？

ja.na.i.ka.

不是嗎？

說明 在自己的心中已經有了一個答案，想要徵詢對方的意見，或是表達自己的想法，就在自己的想法後面上「じゃないか」，表示「不是……嗎？」。

會話練習

A あの人は松重さんじゃないか？

a.no.hi.to.wa./ma.tsu.shi.ge.sa.n./ja.na.i.ka.

那個人是松重先生嗎？

B 違うだろ。松重さんはもっと背が低いよ。

chi.ga.u.da.ro./ma.tsu.shi.ge.sa.n.wa./mo.tto.se.ga.hi.ku.i.yo.

不是吧，松重先生比較矮。

例 いいじゃないか？

i.i.ja.na.i.ka.

不是很好嗎？

必要ないんじゃないか？

hi.tsu.yo.u.na.i.n./ja.na.i.ka.

沒必要吧。

• track 187

してもいい？

shi.te.mo.i.i.

可以嗎？

說明 要詢問是不是可以做某件事情的時候，就可以問對方「してもいい」，也就是「可以這樣做嗎？」的意思。

會話練習

A 試着(しちゃく)してもいいですか？
shi.cha.ku.shi.te.mo./i.i.de.su.ka.
請問可以試穿嗎？

B はい、どうぞ。
ha.i./do.u.zo.
可以的，請。

例 ドアを開(あ)けてもいい？暑(あつ)いから。
do.a.o.a.ke.te.mo.i.i./a.tsu.i.ka.ra.
可以把門打開嗎？好熱喔。

ちょっと見(み)てもいい？
cho.tto.mi.te.mo.i.i.
可以請你看一下嗎？

●track 188

どうすればいいですか？

do.u.su.re.ba./i.i.de.su.ka.

該怎麼做才好呢？

說明 當心中抓不定主意，慌了手腳的時候，可以用這句話來向別人求救。希望別人提供建議、做法的時候，也能使用這句話。

會話練習

A 住所(じゅうしょ)を変更(へんこう)したいんですが、どうすればいいですか？
ju.u.sho.o./he.n.ko.u.shi.ta.i.n.de.su.ga./do.u.su.re.ba./i.i.de.su.ka.
我想要變更地址，請問該怎麼做呢？

B ここに住所(じゅうしょ)、氏名(しめい)を書(か)いて、下(した)にサインしてください。
ko.ko.ni.ju.u.sho./shi.me.i.o./ka.i.te./shi.te.ni.sa.i.n.shi.te./ku.da.sa.i.
請在這裡寫下你的地址和姓名，然後再簽名。

例 英語(えいご)でどう書(か)けばいいですか？
e.i.go.de./do.u.ka.ke.ba./i.i.de.su.ka.
用英文該怎麼寫？

どうやって行(い)けばいいですか？
do.u.ya.tte./i.ke.ba./i.i.de.su.ka.
該怎麼走？

• track 188

何と言いますか？

na.n.to.i.i.ma.su.ka.

該怎麼說呢？

當想要形容的事物難以言喻的時候，可以用這句話來表示自己的心中找不到適當的形容詞。

會話練習

A パープルは日本語で何と言いますか？
pa.a.pu.ru.wa./ni.ho.n.go.de./na.n.to.i.i.ma.su.ka.
purple的日文怎麼說？

B むらさきです。
mu.ra.sa.ki.de.su.
是紫色。

例 英語で何と言いますか？
e.i.go.de./na.n.to.i.i.ma.su.ka.
在英文裡怎麼說。

何と言うのか？
na.n.to.i.u.no.ka.
該怎麼說？

●track 189

何時(なんじ)ですか？

na.n.ji.de.su.ka.

幾點呢？

說明 前面曾經學過，詢問時間、日期的時候，可以用「いつ」。而只想要詢問時間是幾點的時候，也可以使用「何時」，來詢問確切的時間。

會話練習

A 今何時(いまなんじ)ですか？
i.ma.na.n.ji.de.su.ka.
現在幾點了？

B 八時十分前(はちじじゅっぷんまえ)です。
ha.chi.ji./ju.ppu.n.ma.e.de.su.
七點五十分了。

例 仕事(しごと)は何時(なんじ)からですか？
shi.go.to.wa./na.n.ji.ka.ra.de.su.ka.
你的工作是幾點開始？

何時(なんじ)の便(びん)ですか？
na.n.ji.no.bi.n.de.su.ka.
幾點的飛機？

● track 189

誰？

da.re.

是誰？

說明 要問談話中所指的人是誰，或是問誰做了這件事等，都可以使用這個字來發問。

會話練習

A あの人は誰？

a.no.hi.to.wa.da.re.

那個人是誰？

B 野球部の佐藤先輩です。

ya.ku.u.bu.no./sa.to.u.se.n.pa.i.de.su.

棒球隊的佐藤學長。

例 教室には誰がいましたか？

kyo.u.shi.tsu.ni.wa./da.re.ga.i.ma.shi.ta.ka.

誰在教室裡？

これは誰の傘ですか？

ko.re.wa./da.re.no.ka.sa.de.su.ka.

這是誰的傘？

track 190

食べたことがありますか？

ta.be.ta.ko.to.ga./a.ri.ma.su.ka.

有吃過嗎？

說明 動詞加上「ことがありますか」，是表示有沒有做過某件事的經歷。有的話就回答「あります」，沒有的話就說「ありません」。

會話練習

A イタリア料理を食べたことがありますか？
i.ta.ri.a.ryo.u.ri.o./ta.be.ta.ko.to.ga./a.ri.ma.su.ka.
你吃過義大利菜嗎？

B いいえ、食べたことがありません。
i.i.e./ta.be.ta.ko.to.ga./a.ri.ma.se.n.
沒有，我沒吃過。

例 見たことがありますか？
mi.ta.ko.to.ga./a.ri.ma.su.ka.
看過嗎？

行ったことがあります。
i.tta.ko.to.ga./a.ri.ma.su.
有去過。

• track 190

いかがですか？

i.ka.ga.de.su.ka.

如何呢？

說明 詢問對方是否需要此項東西，或是覺得自己的提議如何時，可以用這句話表達。是屬於比較禮貌的用法，在飛機上常聽到空姐說的「コーヒーいかがですか」，就是這句話的活用。

會話練習

A もう一杯（いっぱい）コーヒーをいかがですか？
mo.u./i.ppa.i.ko.o.hi.i.o./i.ka.ga.de.su.ka.
再來一杯咖啡如何？

B 結構（けっこう）です。
ke.kko.u.de.su.
不用了。

例 ご気分（きぶん）はいかがですか？
go.ki.bu.n.wa./i.ka.ga.de.su.ka.
現在覺得怎麼樣？

早（はや）めにお休（やす）みになってはいかがでしょう？
ha.ya.me.ni.o.ya.su.mi.ni./na.tte.wa./i.ka.ga.de.sho.u.
要不要早點休息？

• track 191

待(ま)って。

ma.tte.

等一下。

說明 談話時，要請對方稍微等自己一下的時候，可以用這句話來請對方稍作等待。

會話練習

A じゃ、行(い)ってきます。
ja./i.tte.ki.ma.su.
走吧！

B あっ、待(ま)ってください。
a./ma.tte.ku.da.sa.i.
啊，等一下。

例 ちょっと待(ま)ってください。
jo.tto./ma.tte.ku.da.sa.i.
請等一下。

少々(しょうしょう)お待ちください。
sho.u.sho.u./o.ma.chi.ku.da.sa.i.
稍等一下。

待(ま)って。
ma.tte.
等等！

• track 191

お願い。

o.ne.ga.i.

拜託。

說明 有求於人的時候，在說出自己的需求之後，再加上一句「お願い」，就能表示自己真的很需要幫忙。

會話練習

A お菓子買ってきてくれない？
o.ka.shi./ka.tte.ki.te./ku.re.na.i.
幫我買些零食回來好嗎？

B 嫌だよ。
i.ya.da.yo.
不要！

A お願い！
o.ne.ga.i.
拜託啦！

例 お願いがあるんですが。
o.ne.ga.i.ga./a.ru.n.de.su.ga.
有些事要拜託你。

お願いします。
o.ne.ga.i.shi.ma.su.
拜託。

一生のお願い！
i.ssho.u.no.o.ne.ga.i.
一生所願！

• track 192

手伝って。

te.tsu.da.tte.

幫幫我。

說明 當自己一個人的能力沒有辦法負荷的時候，要請別人伸出援手時，可以說「手伝ってください」，以請求支援。

會話練習

A ちょっと本棚の整理を手伝ってくれない？
cho.tto./ho.n.da.na.no.se.i.ri.o./te.tsu.da.tte.ku.re.na.i.
可以幫我整理書櫃嗎？

B へえ、嫌だよ。
he.e./i.ya.da.yo.
不要。

例 手伝ってください。
te.tsu.da.tte./ku.da.sa.i.
請幫我。

手伝ってちょうだい。
te.tsu.da.tte./cho.u.da.i.
幫幫我吧！

手伝ってくれてありがとう。
te.tsu.da.tte.ku.re.te./a.ri.ga.to.u.
謝謝你幫我。

track 192

ください。

ku.da.sa.i.

請。

說明 要求別人做什麼事的時候，後面加上ください，就表示了禮貌，相當於是中文裡的「請」。

會話練習

A これください。
ko.re.ku.da.sa.i.
請給我這個。

B かしこまりました。
ka.shi.ko.ma.ri.ma.shi.ta.
好的。

會話練習

A 静（しず）かにしてください。
shi.zu.ka.ni.shi.te./ku.da.sa.i.
請安靜一點。

B すみません。
su.mi.ma.se.n.
對不起。

track 193

もう一度(いちど)。

mo.u.i.chi.do.

再一次。

說明 想要請對方再說一次，或是再做一次的時候，可以使用這句話。另外自己想要再做、再說一次的時候，也可以使用。

會話練習

A すみません。もう一度説明(いちどせつめい)してください。
su.mi.ma.se.n./mo.u.i.chi.do./se.tsu.me.i.shi.te.ku.da.sa.i.
對不起，可以請你再說明一次嗎？

B はい。
ha.i.
好。

例 もう一度(いちど)やり直(なお)してください。
mo.u.i.chi.do./ya.ri.na.o.shi.te./ku.da.sa.i.
請再做一次。

もう一度頑張(いちどがんば)りたい。
mo.u.i.chi.do./ga.n.ba.ri.ta.i.
想再加油一次。

•track 193

いただけませんか？

i.ta.da.ke.ma.se.n.ka.

可以嗎？

說明 在正式請求的場合時，更為禮貌的說法就是「いただけませんか」，常用於對長輩或是地位較高的人。

會話練習

A 日本語(にほんご)に訳(やく)していただけませんか？
ni.ho.n.go.ni./ya.ku.shi.te./i.ta.da.ke.ma.se.n.ka.
可以幫我翻成日文嗎？

B ええ、いいですよ。
e.e./i.i.de.su.yo.
好啊。

例 教(おし)えていただけませんか？
o.shi.e.te./i.ta.da.ke.ma.se.n.ka.
可以教我嗎？

手伝(てつだ)っていただけませんか？
te.tsu.da.tte./i.ta.da.ke.ma.se.n.ka.
可以幫我嗎？

•track 194

もらえませんか？

mo.ra.e.ma.se.n.ka.

可以嗎？

說明 比起「いただけませんか」，「もらえませんか」比較沒有那麼正式，但也是禮貌的說法，也是用於請求對方的時候。

會話練習

A 辞書(じしょ)をちょっと見(み)せてもらえませんか？
ji.sho.o./cho.tto.mi.se.te./mo.ra.e.ma.se.n.ka.
字典可以借我看看嗎？

B はい、どうぞ。
ha.i./do.u.zo.
好的，請。

例 教(おし)えてもらえませんか？
o.shi.e.te./mo.ra.e.ma.se.n.ka.
可以教我嗎？

傘(かさ)を貸(か)してもらえませんか？
ka.sa.o./ka.shi.te./mo.ra.e.ma.se.n.ka.
可以借我雨傘嗎？

●track 194

くれない？

ku.re.na.i.

可以嗎？／可以給我嗎？

說明 和「ください」比較起來，不那麼正式的說法，和朋友說話的時候，可以用這個說法，來表示希望對方給自己東西或是幫忙。

會話練習

A これ、買(か)ってくれない？

ko.re./ka.tte.ku.re.na.i.

這可以買給我嗎？

B いいよ。たまにはプレゼント。

i.i.yo./ta.ma.ni.wa./pu.re.ze.n.to.

好啊，偶爾也送你些禮物。

例 待(ま)ってくれない？

ma.tte.ku.re.na.i.

可以等我一下嗎？

絵(え)の描(か)き方(かた)を教(おし)えてくれませんか？

e.no.ka.ki.ka.ta.o./o.shi.e.te.ku.re.ma.se.n.ka.

可以教我怎麼畫畫嗎？

• track 195

調子(ちょうし)。

cho.u.shi.

狀況。

說明 身體的狀況，或是事情進行的情況，就是「調子」。後面加上形容詞，就可以表示狀態。而「調子に乗る」則是有「得意忘形」的意思。

會話練習

A 今日(きょう)の調子(ちょうし)はどうですか？
kyo.u.no.cho.u.shi.wa./do.u.de.su.ka.
今天的狀況如何？

B 上々(じょうじょう)です。絶対(ぜったい)に勝(か)ちます。
jo.u.jo.u.de.su./ze.tta.i.ni./ka.chi.ma.su.
狀況很棒，絕對可以得到勝利！

例 車(くるま)の調子(ちょうし)が悪(わる)いです。
ku.ru.ma.no.cho.u.shi.ga./wa.ru.i.de.su.
車子的狀況怪怪的。

調子(ちょうし)がいいです。
cho.u.shi.ga./i.i.de.su.
狀況很好。

山田選手(やまだせんしゅ)は最近調子(さいきんちょうし)が悪(わる)いみたいです。
ya.ma.da.se.n.shu.wa./sa.i.ki.n.cho.u.shi.ga./wa.ru.i.mi.ta.i.de.su.
山田選手最近狀況好像不太好。

• track 195

だいじょうぶ

大丈夫。

da.i.jo.u.bu.

沒關係。／沒問題。

說明 要表示自己的狀況沒有問題，或是事情一切順利的時候，就可以用這句話來表示。若是把語調提高，則是詢問對方「還好吧？」的意思。

會話練習

A 顔色が悪いです。大丈夫ですか？

ka.o.i.ro.ga./wa.ru.i.de.su./da.i.jo.u.bu.de.su.ka.

你的氣色不太好，還好嗎？

B ええ、大丈夫です。ありがとう。

e.e./da.i.jo.u.bu.de.su./a.ri.ga.to.u.

嗯，我很好，謝謝關心。

例 きっと大丈夫。

ki.tto.da.i.jo.u.bu.

一定沒問題的。

大丈夫だよ。

da.i.jo.u.bu.da.yo.

沒關係。／沒問題的。

大丈夫？

da.i.jo.u.bu.

還好吧？

track 196

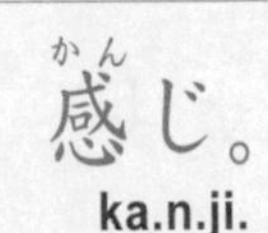

ka.n.ji.

感覺。

說明 「感じ」是用在表達感覺時使用，前面可以加上形容事物的名詞，來說明各種感觸。

會話練習

A 公式サイトって、こんな感じでいい？
ko.u.shi.ki.sa.i.to.tte./ko.n.na.ka.n.ji.de./i.i.
官方網站弄成這種感覺如何？

B うん、いいんじゃない。
u.n./i.i.n.ja.na.i.
嗯，還不錯呢！

例 寒さで感じがなくなる。
sa.mu.sa.de./ka.n.ji.ga./na.ku.na.ru.
冷到失去了知覺。

とても感じが悪い。
to.te.mo./ka.n.ji.ga./wa.ru.i.
印象很糟。／感覺很糟。

故郷の感じが出ている。
fu.ru.sa.to.na.ka.n.ji.ga./de.te.i.ru.
有故鄉的熟悉感。

• track 196

都合。

tsu.go.u.

狀況。／方便。

說明 在接受邀約，或者有約定的時候，用這個關鍵字，可以表達自己的行程是否能夠配合，而在拒絕對方的時候，不想要直接說明理由，也可以用「都合が悪い」來婉轉拒絕。

會話練習

A 来月のいつ都合がいい？
ra.i.ge.tsu.no.i.tsu./tsu.go.u.ga.i.i.
下個月什麼時候有空？

B 週末だったらいつでも。
shu.u.ma.tsu.da.tta.ra./i.tsu.de.mo.
如果是週末的話都可以。

例 それはわたしにとって都合が悪い。
so.re.wa./wa.ta.shi.ni.to.tte./tsu.go.u.ga.wa.ru.i.
這對我來說很不方便。

都合によっては車で行くかもしれない。
tsu.go.u.ni.yo.tte.wa./ku.ru.ma.de.i.ku./ka.mo.shi.re.na.i.
看狀況而定，說不定我會開車去。

www.foreverbooks.co

永續圖書線上購物

我們家的書，你在這裡都買

日語這樣說最正確(MP3)-50K

想要增加口語日語的能力，除了必須具備基
的單字詞彙之外，短語技巧的運用是另一個
要的基本訓練。單一的語句說明絕對不……

日語關鍵字一把抓(MP3)-50K

經由本書的關鍵字介紹，讓你用簡單的關鍵字
輕鬆應付各種會話場合。

驚喜無限！

不定期推出優惠特賣

永續圖書總代理：專業圖書發行、書局經銷、圖書出

電話：(886)-2-8647-3663 **傳真**：(886)-2-86473660

服務信箱: yungjiuh@ms45.hinet.net

五觀藝術出版社、培育文化、棋茵出版社、達觀出版社、可
坊、白橡文化、大拓文化、讀品文化、雅典文化、手藝家出
檢書堂、葛蘭絲、智品圖書…………

英語這樣說最正確(MP3)-50K

徹底擺脫英語學習的障礙！利用動詞片語串連式的學習法，快速掌握英語單字、生動的動詞片語應用，有助於增進開口說英語的技……

電話英語一本通(附 MP3)-50K

一次搞定所有的英語電話用語！接到外國人的電話，不再結結巴巴！情境式對話，完全不用死背英語！1.打電話找人 2.接電話……

超有趣的英文基礎文法

最適合國人學習的英文文法書，針對最容易犯的文法錯誤，解析文法。利用幽默的筆……

超實用商業英文 E-mail (文字光碟)

有時候，和正式的書信寫作比較起來，書寫一封e-mail似乎是一件非常簡單的事，但是商用 e-mail 也的確需要注意一些書信寫作的

國家圖書館出版品預行編目資料

生活日語萬用手冊／雅典日研所 企編.
--初版. --臺北縣汐止市 ： 雅典文化, 民99.03
面； 公分. -- （生活日語系列：01）
ISBN：978-986-6282-04-1（平裝）
1. 日語　　2. 讀本
803.18　　98024723

生活日語萬用手冊

企　　編◎雅典日研所
出 版 者◎雅典文化事業有限公司
登 記 證◎局版北市業字第五七〇號
發 行 人◎黃玉雲
執行編輯◎許惠萍
編 輯 部◎221 台北縣汐止市大同路三段 194-1 號 9 樓
EmailAdd: a8823.a1899@msa.hinet.net
電話◎02-86473663　傳真◎02-86473660
郵　　撥◎18965580 雅典文化事業有限公司
法律顧問◎永信法律事務所　林永頌律師
總 經 銷◎永續圖書有限公司
221 台北縣汐止市大同路三段 194-1 號 9 樓
EmailAdd: yungjiuh@ms45.hinet.net
網站◎ www.foreverbooks.com.tw
郵撥◎ 18669219
電話◎ 02-86473663
傳真◎ 02-86473660
初　　版◎2010 年 3 月

雅典文化 讀者回函卡

謝謝您購買這本書。
為加強對讀者的服務，請您詳細填寫本卡，寄回雅典文化；並請務必留下您的E-mail帳號，我們會主動將最近"好康"的促銷活動告 訴您，保證值回票價。

名：生活日語萬用手冊
買書店：＿＿＿＿市／縣＿＿＿＿＿＿書店
名：＿＿＿＿＿＿ 生 日：＿＿＿年＿＿月＿＿日
分證字號：＿＿＿＿＿＿＿＿＿＿
話：(私)＿＿＿＿＿(公)＿＿＿＿＿(手機)＿＿＿＿＿
址：□□□＿＿＿＿＿＿＿＿＿＿
- mail ：＿＿＿＿＿＿＿＿＿＿
齡：□20歲以下 □21歲～30歲 □31歲～40歲
□41歲～50歲 □51歲以上
別：□男 □女 婚姻：□單身 □已婚
業：□學生 □大眾傳播 □自由業 □資訊業
□金融業 □銷售業 □服務業 □教職
□軍警 □製造業 □公職 □其他
育程度：□高中以下（含高中）□大專 □研究所以上
位 別：□負責人 □高階主管 □中級主管
□一般職員□專業人員
務 別：□管理 □行銷 □創意 □人事、行政
□財務、法務 □生產 □工程 □其他＿＿＿

從何得知本書消息？
□逛書店 □報紙廣告 □親友介紹
□出版書訊 □廣告信函 □廣播節目
□電視節目 □銷售人員推薦
□其他＿＿＿＿＿＿＿＿

通常以何種方式購書？
□逛書店 □劃撥郵購 □電話訂購 □傳真訂購 □信用卡
□團體訂購 □網路書店 □其他＿＿＿＿＿

完本書後，您喜歡本書的理由？
□內容符合期待 □文筆流暢 □具實用性 □插圖生動
□版面、字體安排適當 □內容充實
□其他＿＿＿＿＿＿＿＿

完本書後，您不喜歡本書的理由？
□內容不符合期待 □文筆欠佳 □內容平平
□版面、圖片、字體不適合閱讀 □觀念保守
□其他＿＿＿＿＿＿＿＿

的建議：
＿＿＿＿＿＿＿＿＿＿＿＿
＿＿＿＿＿＿＿＿＿＿＿＿
＿＿＿＿＿＿＿＿＿＿＿＿

請用膠帶黏貼

廣告回信
基隆郵局登記證
基隆廣字第 056 號

2 2 1 0 3

台北縣汐止市大同路三段 194 號 9 樓之 1

雅典文化事業有限公司

編輯部　收

請沿此虛線對折免貼郵票，以膠帶黏貼後寄回，謝

雅典文化

為你開啟知識之殿堂